Capítulo 1

Flocongivre no era un pueblo cu[alquiera]. [Situ]ado en medio de un mundo eternamente nevado llamado Hivernia, se alzaba como un puente hacia el mundo de los humanos. Desde hacía siglos, aquel lugar servía de refugio y de hogar para Santa Claus, un nexo donde la magia circulaba libremente, donde el invierno no era una amenaza sino una promesa.

En el centro del pueblo se erguía la inmensa residencia de Santa Claus. Tras su gran puerta tallada se encontraba el taller, el corazón palpitante de Flocongivre, donde los elfos trabajaban día y noche preparando la gran noche de diciembre. Al fondo, un corral albergaba a los nueve renos, nerviosos e impacientes ante la inminencia de la partida anual. Encima del taller, ocupando toda la anchura del edificio, se hallaban los aposentos privados de Santa Claus y su esposa: un hogar cálido desde cuyas chimeneas brillaba la lumbre.

Alrededor de aquel edificio central se extendían cientos de casitas cubiertas de nieve, cada una habitada por un elfo. Todos vivían solos, pero ninguno se sentía aislado: las callejuelas resonaban con cantos, risas y cascabeles. A la entrada del pueblo, un inmenso restaurante acogía a los elfos golosos, con sus montañas de pasteles y sus ríos de golosinas.

Frente al taller, se alzaba la fuente de Flocongivre: caprichosa, cambiante, ofrecía a veces jarabes de todos los sabores, otras veces chocolate fundido o helado, según su humor. Era allí donde los elfos gustaban de reunirse, algunos jurando que la fuente reflejaba el propio espíritu del pueblo.

30 de noviembre. Unas semanas antes de la gran noche.

La noche había caído hacía ya tiempo sobre Flocongivre. En la calle principal del barrio de las Lutineries, las lámparas heladas difundían un resplandor cálido en el aire gélido.

Una pequeña puerta se abrió suavemente.

Una joven elfa, apenas de doscientos años —recién salida de la adolescencia según los criterios locales— cruzó el umbral de su casita. No era mucho más alta que un taburete humano, vestida con un abrigo verde ajustado y el gorro calado tan bajo que casi le rozaba los párpados. Sus dos dientes frontales, un poco alargados, aparecían cuando aspiraba nerviosa el aire punzante de noviembre.

Dentro de los cánones élficos, era bastante bonita, pero aquello carecía de importancia aquí. Como todos los suyos, no tenía nombre. Una ley inmemorial lo prohibía: los elfos no eran individuos, sino notas en la sinfonía de la Navidad —una comunidad indivisible dedicada a la misión única de preparar la gran noche.

Y esa noche, por primera vez en su existencia, iba a servir en el Taller central. Su primera Navidad.

Al cruzar la plaza nevada, no pudo evitar levantar los ojos hacia las guirnaldas doradas y los faroles de cristal suspendidos sobre las calles. Las ventanas brillaban con una calidez acogedora. Pero su corazón latía con más fuerza. Rodeó la fuente azucarada y se precipitó en el vasto edificio de muros rojos. Apenas había cruzado la puerta cuando una voz seca la recibió:

—¡Llegas tarde!

Su maestro, un elfo de rostro arrugado por los siglos, la miraba con severidad en medio de cientos de otros elfos ya en plena agitación. En apenas media hora sería medianoche, el instante en que comenzaría el mes de locura. Le explicó rápidamente su misión, con un tono que no admitía distracciones.

—Mira allá arriba.

Del techo descendían cientos de tubos plateados.

—Dentro de unos minutos, miles de cartas saldrán de esos conductos. Los pedidos de los niños de todo el mundo. Tu tubo es este, a la izquierda. Debes recibir cada carta, leerla, clasificarla y enviarla a la sección de fabricación correspondiente. Si trabajas bien... quizás algún día, dentro de unos siglos, llegarás a ser fabricante. O incluso maestra.

Ella asintió, incapaz de pronunciar palabra. Observó a su alrededor: todos estaban extasiados. Ese fervor la intimidaba un poco; todos aquellos elfos, tan parecidos a ella y, sin embargo, tan seguros, tan hábiles, se retaban, a ver quién podía leer más cartas en menos tiempo, bromeaban, sabían exactamente por qué estaban allí. Sin embargo, también distinguió a otros principiantes que, como ella, eran reprendidos por sus instructores.

Aquello la tranquilizó, aunque sentía que incluso ellos parecían superiores a ella.

A las 23:50, un movimiento hizo girar todas las orejas puntiagudas. En el balcón que dominaba el taller acababa de aparecer la pareja que todos esperaban. Santa Claus, imponente con su abrigo verde, llevaba la barba como un copo eterno. Parecía antiguo y joven a la vez; de él emanaba una fuerza tanto física como moral.

A su lado, la Señora Claus, envuelta en terciopelo verde y blanco, sonreía con una ternura que valía más que mil palabras. Una mirada colmada de bondad y sabiduría.

El silencio cayó. Cientos de elfos contuvieron el aliento.

Pero, entre ellos, una novata contemplaba a su Patrón con una mezcla de admiración y de miedo, consciente de que, a partir de esa noche, para ella, nada volvería a ser igual.

—Mis queridos elfitos —dijo Santa Claus con voz profunda—, antiguos y nuevos, sabéis por qué estamos aquí. Dentro de unos minutos llegarán las primeras cartas. Como cada año, vamos a entregarnos en cuerpo y alma para ofrecer un mes de trabajo incansable... y la promesa de una mañana mágica a millones de niños.

Recorrió la sala con la mirada y se detuvo brevemente en la pequeña novata, que sintió la garganta cerrarse.

—Sé que llegará el cansancio. Sé que a veces los juguetes les parecerán solo madera y tela. Pero recuerden: detrás de cada pieza que moldean, hay una sonrisa, un sueño, una chispa de felicidad que durará toda una vida. Lo que hacemos aquí importa más que nada. Y estoy orgulloso... ¡oh, tan orgulloso...! de tenerlos a mi lado.

Un escalofrío recorrió la asamblea. La señora Claus, aún callada, posó una mano sobre el brazo de su esposo, con la mirada brillante de un orgullo silencioso.

—Así que, amigos míos... ¡que empiece la magia!

Una ovación estalló. Los cascabeles de los gorros tintinearon, las botas golpearon el suelo. Todos giraron los ojos hacia los inmensos tubos suspendidos, esperando la primera carta que caería.

El maestro se inclinó hacia la novata, con los brazos cruzados.

—Concéntrate bien… En menos de un minuto, será un verdadero diluvio.

Ella tragó saliva, las manos crispadas sobre la mesa frente al tubo plateado.

Entonces, contra todo pronóstico, él esbozó una sonrisa ladeada.

—Pero no te preocupes… Nos vamos a divertir mucho.

Alrededor, los demás puestos se preparaban. Los elfos más veteranos intercambiaban miradas cómplices, erguían el cuerpo con la energía de atletas antes de la carrera. El estruendo de las máquinas había cesado, como si el taller contuviera la respiración. Los fabricantes aguardaban la guerra sobre sus bancos de trabajo y sus artefactos.

Los segundos se desgranaban.

Cinco… cuatro… tres… dos…

Medianoche.

La noche del 1 de diciembre había comenzado y con ella, el mes de locura se lanzaba oficialmente.

Sin embargo, no ocurrió nada. Nada.
 Ni un silbido en los tubos. Ni una sola carta. Un silencio pesado cayó sobre el taller. Los segundos pasaban… y aún nada.

Las miradas perplejas se volvieron hacia el balcón. Santa Claus no parecía comprender. La Señora Claus, en cambio, había perdido la sonrisa: su mirada grave delataba una inquietud difícil de contener.

Entonces, con un crujido metálico, un único tubo se iluminó. El de la pequeña novata. Un único sobre descendió flotando suavemente hasta posarse a sus botitas de puntas dobladas.

No se atrevió a moverse. Sus dedos temblaban.

—¿Y bien? —dijo el maestro, alzando una ceja—. Ábrela… y léela en voz alta.

Santa Claus fruncía el ceño, sujetando firmemente las riendas. Había cruzado la barrera mágica del Reino de Flocongivre y, con cada minuto que pasaba, su poder se debilitaba un poco más.

Un ruido discreto lo arrancó de sus pensamientos.
 Un estornudo.

Giró bruscamente la cabeza, levantó la pesada manta roja que cubría la parte trasera del trineo y descubrió una pequeña silueta acurrucada.
 —¡Por todos los bizcochos de jengibre...! ¿Qué haces aquí?

La pequeña elfa lo miró con ojos culpables.
 —Yo... lo siento. La carta... me sentí demasiado implicada. Quería ayudar... sobre todo con los niños...

—¿Ayudar? —rugió él—. ¡Pero tú eres un elfo! Los elfos forman parte de un todo. No nos preocupamos personalmente de los niños: servimos a *todos* los niños. Y, sobre todo, no nos mezclamos en las aventuras ajenas. Nuestro lugar está en el taller, preparando la gran noche... ¡no aquí, en el cielo!

Ella bajó la cabeza, las orejas enrojecidas de vergüenza.
 —Lo sé... pero no podía quedarme.

Él gruñó, ajustando sus guantes sobre las riendas.
 —Demasiado tarde para volver, de todos modos. Así que quédate atrás... y no hagas tonterías.

Un chillido agudo rasgó la noche.

Surgiendo de una nube, una bandada de aves monstruosas, que parecían más muertas que vivas, se abalanzó sobre ellos. Sus alas deshilachadas batían débilmente y, entre su plumaje arrancado, se adivinaban huesos grisáceos. Las cuencas vacías miraban el trineo con un hambre muda.

—¡Oh, mis renos!

El choque fue brutal. Los renos fueron sacudidos, el trineo se inclinó peligrosamente. Santa Claus lo enderezó a duras penas.
 —¡Agárrate!

Las aves revoloteaban alrededor, listas para golpear de nuevo. Santa Claus lanzó una mirada a la elfa.
 —¡En la bolsa, rápido! ¡Toma las bombas-esferas!

En la pista de despegue, donde lo esperaban sus renos y su trineo, Santa Claus abordó listo para el viaje más incierto de su vida. Su esposa le repitió: —No olvides guardar tus fuerzas cuando llegues abajo, y se dieron un último beso, nariz contra nariz.

Guiando a sus animales, se lanzó por la pista y despegó hasta desaparecer en el portal boreal bajo la mirada inquieta de miles de elfos que asistían por primera vez a una partida con tanta anticipación.

Quedándose sola, la Señora Claus fijó la vista en el cielo un instante, y luego regresó a la sala de las pantallas. Hizo deslizar su cofre de acebo y sacó de él los artefactos. Uno tras uno, los dispuso sobre la mesa, trazando delgadas líneas de luz. Un perfume de escarcha y de incienso impregnó el aire mientras las runas se iluminaban, revelando huellas de magia negra. Su intuición la guiaba en cierta dirección... una dirección que no le agradaba.

Exigió que convocaran a su guardia personal: elfos más corpulentos de lo normal y los únicos con nociones de combate. Según ella, había llegado el momento de ir en busca de respuestas y, para ello... debía emprender un viaje hacia las tierras de la Osa Mayor.

A cientos de leguas, al borde de un bosque impenetrable, enterrada bajo la nieve eterna de Hivernia, una cabaña torcida se dibujaba. En su interior, una figura encorvada, de espalda arqueada, contemplaba su orbe con un ojo chispeante, observando toda la escena... En la penumbra, una risita seca, maligna, se elevó.

Capítulo 2

Desde hacía treinta minutos ya, el trineo surcaba el aire sobre la Tierra. Abajo, el mundo dormía, bañado por la luz blanquecina de la luna llena. Pero la atmósfera no tenía nada de apacible: una pesadez extraña cargaba la noche, como un aliento helado que se pegaba a los huesos.

piedras pulidas, un reloj de arena de vidrio negro. Sus dedos danzaban sobre ellos, tejiendo hilos de luz.

Un perfume de incienso y aire helado inundó la sala. Lentamente, la imagen de las pantallas se distorsionó, chisporroteó… y desapareció.

—He aquí —suspiró ella—. Un velo mágico. Colocado para impedir toda visión desde…

Frunció el ceño, clavó la mirada en el reloj de arena. Los granos, en lugar de caer, subían.
 —… desde la última Navidad.

Un silencio opresivo cayó. Santa Claus apretó la mandíbula.
 —Preparen mi trineo. Quiero a mis renos listos en cinco minutos. Agreguen una manta grande… por si debo traer niños conmigo.

—Sabes que tu poder se debilitará —dijo su esposa en voz baja— si viajas a la Tierra fuera de la noche del 24 de diciembre. No eres… invencible.

Él la miró con ojos ardientes de determinación.
 —¿Crees que voy a ignorar la súplica de dos pequeños?

Ella no respondió. Sabía de sobra que ninguna fuerza en el mundo lo haría cambiar de opinión.

En el patio nevado, los elfos se apresuraban. Los arneses de cuero chasqueaban, los cascabeles tintineaban y el vapor se elevaba de los hocicos de los renos inquietos. Un elfo se sorprendió de su comportamiento; otro le recordó que los animales no estaban acostumbrados a ser preparados para la partida tan temprano en el año, así que su nerviosismo era comprensible. El nerviosismo de todos, de hecho. La pequeña nueva, pegada contra un muro, observaba la escena con los ojos muy abiertos.

Santa Claus preparó su saco, que llenó de diversas armas mágicas mediante encantamientos, para estar listo ante cualquier eventualidad. Ya llevaba puesto su traje rojo, el de los viajes, el de la acción, el de la gran noche.

Afuera, en el taller, en todas las casitas… todos buscaban algo que hacer, sin realmente encontrarlo; los elfos no sabían en absoluto cómo reaccionar ante una situación tan inédita.

La garganta se le oprimió, pero desgarró el papel con precaución. Su voz, fina pero clara, resonó en la gran sala:

«Querido Santa Claus,
 Este año, lo único que te pido es que hagas desaparecer a los monstruos...
 Los que se comieron a nuestros padres... y a todos los demás.
 Kenji y Meï.»

Un escalofrío gélido recorrió la asamblea. La estupefacción alcanzó cada puesto, cada rostro.

El maestro le arrancó la carta de las manos.
 —¡Anda ya, qué tonterías estás diciendo! —protestó.

Pero se quedó mudo cuando sus ojos recorrieron exactamente las mismas palabras que acababa de pronunciar la joven aprendiz.

La Señora Claus hizo un gesto con la mano. La carta se desprendió de los dedos temblorosos del elfo y flotó hasta Santa Claus. La leyó de nuevo, lentamente, y luego levantó los ojos hacia su esposa.

Intercambiaron una mirada cargada de significado, mientras, alrededor, los elfos permanecían inmóviles, con el corazón encogido.

Santa Claus levantó bruscamente la mano.
 —Llévenme a la sala de pantallas. Inmediatamente.

El taller se abrió a un pasillo alfombrado de rojo y flanqueado por columnas de hielo. Tras él, la Señora Claus lo seguía con el rostro serio. Llegaron a una vasta sala circular: decenas de pantallas centelleaban en las paredes, cada una reflejando una parte del mundo.

—Muéstreme la Tierra —ordenó él.

Los operadores se apresuraron a manipular palancas y pantallas. Las imágenes desfilaron: ciudades iluminadas, campos nevados, océanos tranquilos. Nada inusual.

—No tiene sentido... —murmuró él—. No vemos nada anormal.

—Y, sin embargo —susurró la Señora Claus —hay algo.

Se acercó a una mesa circular y sacó, de debajo de su capa, un cofre tallado en madera de acebo. Lo abrió: contenía artefactos de cobre,

Ella se precipitó, hundiendo las manos en el saco mágico. Al instante, aparecieron bajo sus dedos esferas rojas y doradas: las famosas **Bombas Destellos de Navidad**, capaces de estallar en una lluvia de hielo cortante.

—¡Lánzalas directamente a esos plumíferos de porquería! ¡Apunta a las cabezas!

La pequeña obedeció, con una puntería sorprendente. Cada impacto hacía estallar un ave en una nube de polvo y plumas ennegrecidas. Apuntaba sobre todo a las que intentaban picotear el rostro del patrón. Santa Claus maniobraba, esquivando a las más temerarias mientras ella las derribaba una a una.
—¡Tomen, malditos pajarracos! —vociferaba él.

Pronto, no quedó más que rastros oscuros en el aire, barridos por el viento.

Santa Claus le lanzó una mirada de reojo, esbozando una leve sonrisa.
—Al final… puede que sí seas de ayuda.

El trineo avanzaba de nuevo en línea recta, dejando tras de sí tan solo el recuerdo de la batalla aérea. La pequeña elfa, aún jadeante, se dejó caer en el asiento trasero, con las mejillas enrojecidas por el esfuerzo.

—¿Cómo funciona… esa bolsa? —preguntó por fin.

Santa Claus sonrió.
—Mi costal mágico. Me da lo que decido, lo que necesito. Las armas… son limitadas, de un solo uso.

Ella bajó la mirada.
—Entonces…
—Sí —confirmó él—. Has vaciado todas las Bombas Destellos de Navidad.

Ella se mordió el labio, sin saber si debía disculparse o sentirse orgullosa.

Una hora más tarde, las luces frías de **Neón Polis** aparecieron en el horizonte, dibujando un bosque de rascacielos. Parecía una cicatriz luminosa en medio del invierno eterno.

En otros tiempos, Santa Claus recordaba una metrópoli vibrante, llena de vida, donde los niños aguardaban sus visitas con impaciencia. Las avenidas se iluminaban con guirnaldas de colores, los mercados rebosaban de juguetes y golosinas, y hasta en los rascacielos más altos brillaban árboles de Navidad tras las ventanas. La ciudad hacía honor a su nombre: un océano de neones y luces, un faro en la noche helada.

Pero ahora, lo que sobrevolaban no era más que un desierto de vidrio y acero. Los edificios seguían en pie, pero agrietados, oscuros, con ventanas rotas que reflejaban un resplandor muerto. Las grandes avenidas no eran más que surcos vacíos donde el lodo se había acumulado, borrando las antiguas rutas. Donde antes hubo voces, risas, música... no quedaba más que un silencio glacial, apenas interrumpido por el viento.

Santa Claus, con la mirada grave, comparaba en silencio la visión presente con la grabada en su memoria. Neón Polis ya no era la capital alegre de los hombres, sino una tumba abierta, invadida por bestias y sombras. Y, sin embargo, al contemplarla, sabía que solo esperaba una cosa: renacer, como un juguete olvidado que se desempolva, como una llama que se reaviva.

El trineo perdió altura y se posó suavemente sobre el techo de un gran edificio de cristales rotos.

—¿Cómo sabe que están aquí? —preguntó la pequeña elfa al saltar sobre el techo.

Santa Claus se llevó una mano al corazón, colgándose la bolsa a la espalda.
—Un encantamiento antiguo. Me permite localizar a cualquier niño, dondequiera que esté en el mundo.

Marcó una pausa, su mirada se endureció.
—Lo que me preocupa... es que no percibo a ningún otro niño. En ninguna parte. Solo a estos dos.

Descendieron por la escalera oscura. El aire olía a polvo, a metal... y a algo rancio. Los pasos de Santa Claus resonaban con fuerza, mientras la pequeña elfa miraba a su alrededor con nerviosismo.

En medio del edificio, tras la puerta de un apartamento que Santa Claus abrió con un simple gesto, dos siluetas se recortaban a la luz de una lámpara a pilas. Un muchacho de unos diez años, que sujetaba con firmeza un trozo de tubería, y una niña de ocho años, acurrucada contra él. Ella apretaba con fuerza una muñeca que representaba a una guerrera pelirroja.

El chico entrecerró los ojos.
—¿Quiénes son ustedes?

—¡Es él! —exclamó la pequeña—. ¡Es Santa Claus!

—¿De verdad lo crees? —dijo el muchacho.

La niña abrazó su muñeca, con una sonrisa tímida en los labios.
—Lo sé.

Santa Claus se agachó para mirarlos a los ojos.
—Y tuviste razón en creer. He venido porque me llamaste.

Lo dijo como una evidencia.

La niña soltó de repente la mano de su hermano y corrió hacia Santa Claus. Se acurrucó contra su abrigo rojo, respirando el olor tranquilizador de nieve y canela.

Luego, levantando la cabeza, intercambió una sonrisa con la pequeña elfa que se mantenía detrás de él.
—Hola, soy Meï, y él es mi hermano Kenji. ¿Tú cómo te llamas?

La pequeña elfa parpadeó, desconcertada.
—Yo... eh...

Santa Claus puso una mano en su hombro.
—Los elfos no tienen nombre, Meï. Es una ley muy antigua.

Meï frunció el ceño.
—Eso es triste...

Su mirada descendió hacia la muñeca que apretaba contra sí. La levantó con ambas manos y la mostró a la pequeña elfa.
—Ella es **Zefira, la princesa del poder**. Es mi heroína favorita. Es súper fuerte y me protege de los monstruos.

Al oír la palabra *monstruos*, Santa Claus frunció el ceño, mientras la elfa parecía confundida.

—Zefira... —repitió suavemente Santa Claus—. Recuerdo haberte entregado esa muñeca el año pasado... Pero ¿qué ha pasado desde entonces? ¿Qué es eso de los monstruos?

Kenji, que había permanecido en silencio, respondió con voz grave para su edad:
—Zombis.

—¿Zombis, dices?

El asombro de Santa Claus se mezcló con una preocupación palpable.

Santa Claus, sin decir más, hundió una mano en su costal. La tela escarlata se agitó, y de ella extrajo un objeto esférico, negro y plateado, cubierto de runas heladas: el **Orbe de las Verdades Pasadas**.

—Veamos lo que ocurrió aquí...

Colocó el orbe sobre la mesa baja del apartamento. Las runas plateadas comenzaron a brillar con un resplandor gélido mientras murmuraba unas palabras en una lengua antigua.

La superficie oscura se animó.

A través de ella se veía el interior de aquel mismo apartamento, como si el orbe hubiese estado allí, invisible, desde siempre.

Makoto, el padre, fijaba un cerrojo nuevo en la puerta de entrada. Sus movimientos eran precisos, silenciosos. Detrás, su esposa Hiromi sostenía a Meï entre los brazos, mientras Kenji observaba en silencio.

Las semanas pasaron bajo la luz espectral del orbe. Los cuatro vivían recluidos, compartiendo comidas enlatadas, atentos siempre a los ruidos del pasillo. A veces estallaban gritos. Una puerta vecina se abría, resonaban alaridos, y luego... nada. Apartamento tras apartamento, los vecinos desaparecían.

Después, llegaron las expediciones. Había que reabastecerse. Makoto y Hiromi se ponían los abrigos, murmuraban palabras tranquilizadoras, y salían, dejando a los niños dentro. Kenji, apenas más alto que la ventana, montaba guardia, vigilando la calle. Meï se quedaba en un rincón, abrazando su muñeca Zefira.

Santa Claus giró el orbe hacia el muchacho.

Kenji, en su puesto de vigía, vio a sus padres regresar al final de la calle. Detrás de ellos, una horda de siluetas tambaleantes. Makoto y Hiromi intercambiaron una mirada, y desviaron su carrera para alejar a la horda del edificio. Justo antes de doblar la esquina, Makoto levantó la vista hacia la ventana y cruzó la mirada de su hijo. Una última mirada, cargada de todo lo que no podía decir.

Luego desaparecieron.

Las imágenes mostraron al muchacho aún inmóvil en la ventana, luego cerrando lentamente las cortinas. Respiró hondo, se volvió hacia su hermana y, con voz firme, le explicó que sus padres no volverían. No lloró delante de ella. Al día siguiente, salió solo a buscar víveres, utilizando su agilidad y astucia para evitar los peligros. Con el tiempo se convirtió en un auténtico pequeño soldado ninja, terminando él solo, el mapa de su papá, registrando los puntos estratégicos que visitaba.

Al orientar el orbe hacia Meï, Santa Claus vio a la niña sentada contra la pared, leyendo una y otra vez sus viejos cómics de Zefira. Esperaba siempre el regreso de su hermano en silencio, valiente, sin derramar una lágrima.

Hasta que un día, mirando su muñeca, recordó: había sido Santa Claus quien se la había traído.
—Podemos escribirle —dijo a Kenji.

Él negó con la cabeza.
—Basta, es una idea de bebé. Deja de creer en eso.

Pero Meï insistió, una y otra vez, hasta que cedió.

Juntos redactaron la carta. Kenji la guardó en su chaqueta y, tras una larga mirada a su hermana, salió a la calle. La niña quedó sola de nuevo en el apartamento, pero sabía que su hermano encontraría un buzón, aunque estuviera roto, para depositar su última esperanza.

El resto… lo hizo la magia de la Navidad.

Santa Claus cerró el orbe y se levantó. Contempló durante largo rato a los dos niños, conmovido por sus pruebas e impresionado por su valentía.

—Vámonos —dijo—. Los llevaré a mi trineo.

Kenji tomó la mano de su hermana. La pequeña elfa seguía en silencio, con la cabeza baja, sin atreverse a cruzar la mirada del Patrón. Subieron los últimos tramos de la escalera que conducía a la azotea.

Al empujar la puerta, Santa Claus se quedó paralizado.

El aire helado les golpeó el rostro… y el olor los alcanzó de lleno. Un olor metálico, nauseabundo.

Los renos.

Estaban allí, pero ya no quedaba esperanza: tendidos en el techo, los costados abiertos, rodeados de siluetas descarnadas que devoraban su carne. Los cascabeles colgaban inertes de sus arneses manchados de rojo.

El corazón de la pequeña elfa se encogió.
—Yo... olvidé cerrar la puerta...

Los zombis —una treintena, probablemente venidos de los distintos apartamentos del edificio— alzaron la cabeza al unísono, con las mandíbulas manchadas, y se volvieron hacia el grupo.

Santa Claus inspiró profundamente, sus ojos tiñéndose de rojo ardiente. Un hilo de humo escarlata se escapó de sus narices.
—No... no ellos...

Avanzó un paso.
—Escúchenme. Ustedes... Sí, tú, Laurent... y tú, la pequeña Nora, y tú, Hugo. Están en mi lista de niños buenos. ¿Se acuerdan? El tren eléctrico, la casa de muñecas, la bicicleta roja...

Los conocía a todos, niños y adultos.

Su voz temblaba apenas.
—No sean así. Pueden detenerlo.

Pero las figuras avanzaban, lentas, inexorables. Rostros antaño familiares, ahora deformados por el hambre y la muerte.

Santa Claus cerró los ojos un segundo... y luego los abrió.

Una luz roja brotó de todo su cuerpo. Lanzó un grito de rabia y, en una oleada de poder bruto, liberó toda su fuerza. Una onda abrasadora barrió la azotea. Los zombis aullaron, deshaciéndose en polvo gris que el viento dispersó. El trineo y los cuerpos de los renos ardieron también.

Cuando todo terminó, volvió el silencio, espeso como la nieve. Santa Claus cayó de rodillas, jadeante, con el corazón destrozado. El vapor aún escapaba de sus guantes ardientes.

—Patrón... —susurró la pequeña elfa.

Él sacudió la cabeza, incapaz de hablar. La magia dentro de él... se había vaciado hasta la última chispa.

Kenji abrazó con fuerza a Meï. Nadie dijo nada. La azotea no era más que un cementerio de cenizas.

La Señora Claus y su escolta habían dejado Flocongivre hacía ya una hora, avanzando por la nieve profunda a lomos de caribúes de pelaje plateado. El viento del norte aullaba, pero la patrona, envuelta en su largo abrigo rojo, permanecía erguida sobre la montura, con la mirada fija en las montañas azuladas del horizonte.

Alcanzaron un acantilado abrupto, abierto en una hendidura oscura. El aire que salía de allí era gélido, saturado de un olor salvaje.

Un rugido sordo surgió de las tinieblas.

De la cueva emergió un enorme oso blanco, tan alto como tres hombres, con los ojos de un amarillo ardiente. Posó sus patas masivas en la nieve, las garras arañando el suelo.

—Déjenme pasar —ordenó la Señora Claus levantando la mano a sus guardias, ya dispuestos a enfrentarse al animal para proteger a la Patrona.

El oso gruñó otra vez, pero cuando ella pronunció con voz clara:
—Condúceme ante tu madre...—
cesó toda hostilidad.

Con un gesto casi respetuoso, giró sobre sí mismo y se internó en la gruta.

Dentro, la luz danzante de las antorchas de resina iluminaba una silueta colosal, tendida sobre un lecho de hielo: la Osa Mayor, madre de todos los osos blancos. Su pelaje, plateado en ciertos lugares, parecía constelado de copos eternos.

—Mi amiga... —dijo la Señora Claus, inclinándose ligeramente.

Un profundo gruñido de bienvenida resonó. Se conocían desde hacía mucho tiempo, un vínculo antiguo que trascendía las estaciones.

—Sé por qué estás aquí —retumbó la voz de la Osa Mayor—. Yo también he sentido esa perturbación en la magia.

—Un mal parece azotar el mundo de los hombres —respondió la Señora Claus—. Presiento que Hivernia tiene algo que ver… ¿Me ayudarás a verlo con claridad?

—No puedo negarle nada a quien me salvó hace tantos siglos de aquellos malditos cazadores de hielo. Sin ti, mis hijos y yo no estaríamos hoy aquí.

Compartieron un cuenco humeante de infusión de raíces heladas.

Después, la Osa Mayor atrajo hacia sí misma una bandeja de runas ancestrales. Hizo rodar sobre la superficie pequeños guijarros pulidos, hasta que formaron un motivo.

Alzó la cabeza, grave.
 —Lo que temes es cierto. El mal que azota la Tierra ha sido enviado desde nuestro mundo.

El silencio cayó, pesado y frío.

—¿Dónde debo ir? —preguntó la Señora Claus.

Los ojos de la Osa Mayor centellearon.
 —A **Morvélia**, donde habitan los duendes malos. Allí encontrarás respuestas… y quizás la fuente.

Capítulo 3

En la azotea azotada por el viento, Santa Claus por fin se incorporó. Su respiración se había calmado, sus fuerzas regresaban poco a poco. De repente se dio cuenta de que, antes de quemarlo todo, solo había visto cinco renos caídos en el suelo.

Apretó los puños.

Sacó el orbe de su bolsillo, en el cual aún quedaba un poco de magia. La esfera empezó a brillar débilmente, mostrando imágenes borrosas. Entre las siluetas oscuras de zombis, distinguió cuatro formas familiares alejándose a saltos.

—Cuatro... cuatro lograron escapar —murmuró.

Guardó el orbe, ahora vacío, y se volvió hacia el grupo.
 —Si los encontramos, quizá quede suficiente magia en cada uno para llevarnos de regreso a Flocongivre.

Agachándose, hurgó en el fondo de la bolsa. Sus dedos chocaron contra un mango familiar, pulido por los siglos. Lo sacó: una gran hacha con la hoja grabada de runas heladas, la misma con la que había vencido a los Gigantes de las Montañas Negras, hacía ya siglos.

Cerró el saco y lo tendió a la pequeña elfa.
 —Guárdala con cuidado. Ahora que usé lo que me quedaba de poder, ya no podemos elegir lo que salga de ella. **Será la bolsa la que decida...**

Ella asintió, con los ojos muy abiertos. ¿Cómo podría cargar con aquel peso, siendo casi de la misma estatura? Reprimió un grito de sorpresa cuando el costal se ajustó mágicamente a su tamaño en cuanto se posó en su espalda.

Después descendieron por el edificio, con Santa Claus a la cabeza. El hacha cantaba en el aire con cada golpe, cercenando miembros y cráneos, arrojando a los zombis contra las paredes. Aunque ya carecía de magia, aún conservaba una fuerza y resistencia naturales muy superiores a las humanas.

—¡Esto es por haberme robado las galletas!
 —¡Y esto, por dejar tus calcetines apestosos al pie del árbol!

Detrás de él, Kenji, Meï y la pequeña elfa avanzaban con cautela, esquivando los cuerpos inertes.

Al salir a la calle, Santa Claus se detuvo, abarcando la ciudad con la mirada.
 —¿Dónde podrían haberse escondido...? Los renos siempre buscan la naturaleza...

Kenji levantó la cabeza.
 —Entonces tuvieron que ir al gran parque.

—¿Sabes dónde está?
 —Sí —respondió el muchacho con una media sonrisa—. Ya exploré casi toda la ciudad. Pero está lejos.

Sacó de su bolsillo el mapa dibujado a mano.

Santa Claus asintió.
 —Entonces vamos.

Y el grupo se puso en marcha, desapareciendo en las calles heladas de Neón Polis.

Tras media hora serpenteando por los callejones, llegaron a una amplia avenida bordeada de árboles muertos. El viento silbaba entre las fachadas... y un gruñido ronco se dejó oír.

—Lobos... —susurró Kenji.

Pero no eran lobos normales. Sus ojos eran vidriosos, sus flancos hundidos, y sus mandíbulas colgaban manchadas de sangre seca. Una manada de cincuenta avanzaba, casi cercando al pequeño grupo.

—¡Sube! —gritó Santa Claus.

Kenji saltó hacia un árbol seco y trepó a la primera rama, justo a tiempo para esquivar una dentellada que se cerró en el vacío. Mientras tanto, la pequeña elfa agarró a Meï de la mano y la arrastró corriendo hasta una zapatería. Cerraron la puerta de golpe tras ellas y se pegaron al vidrio.

Afuera, Santa Claus blandía su hacha.
 —Vamos, bola de peludos malnacidos... ¡Los voy a dejar lampiños para el invierno!

La hoja cortaba el aire con un silbido, derribando a un lobo de un solo golpe.
 —¡Este, por mear en el pino del vecino!

Desde la tienda, la pequeña elfa hurgó en la bolsa y sacó un puñado de estrellas navideñas afiladas, relucientes como cuchillas de ninja. Las lanzó una a una a través del cristal roto, apuntando a los lobos que saltaban alrededor del árbol de Kenji. Los proyectiles cortaban hocicos o se clavaban en las órbitas, haciéndolos rodar por la nieve.

—¡Es Emilie!

La voz de Meï le heló la sangre. La pequeña elfa giró la cabeza y vio una silueta diminuta con un vestido rosa desgarrado, los ojos lechosos, la boca babeante... y las manos aferradas a Meï.

—¡Suéltala!

La elfa se lanzó sobre la asaltante, rodando con ella entre los estantes de zapatos. En la caída perdió su gorro, dejando al descubierto su cabello corto y rojizo. Meï, al verlo, echó un vistazo a su muñeca.

Las dos rivales forcejeaban en el suelo, garras contra dientes. La elfa tanteó a ciegas hasta alcanzar el costal... y de él sacó... un enorme bastón de caramelo.

—¿¡En serio!?

Sin pensarlo, lo clavó en la fosa nasal de la niña zombificada. El extremo empezó a vibrar y, en una pequeña detonación azucarada, explotó, volando su cabeza en una nube roja y blanca.

Jadeante, la pequeña elfa se incorporó y abrazó a Meï.

—Era Emilie, mi amiga de la escuela... Esta era la tienda de sus papás. Ya me acordé —dijo Meï con voz temblorosa.

Afuera, el último lobo se desplomó bajo el hachazo de Santa Claus, que acto seguido ayudó a Kenji a bajar del árbol.

Todos se reunieron frente a la zapatería, exhaustos pero vivos.

—Buen trabajo —dijo el anciano a la elfa, con una rara sonrisa.
—¡Usted también, patrón!

—¡Eres fuerte como Zefira, mi princesa del poder! —exclamó Meï, con los ojos brillantes—. Ese será tu nombre a partir de ahora.

Un halo discreto de luz descendió sobre la pequeña elfa. Ella retrocedió un paso, sin saber qué decir.

Santa Claus, en cambio, frunció el ceño.
—Vaya... Solo es la segunda vez que veo a un elfo portar un nombre... Interesante. Esperemos que sea para bien.

El pequeño grupo reanudó su camino. La recién nombrada **Zefira** sentía, extrañamente, que ese nombre siempre le había pertenecido.

Morvélia, el pueblo de los duendes, se extendía más abajo, un enredo de techos cubiertos de musgo y callejuelas estrechas. Cientos de casitas, del mismo tamaño que las de Flocongivre, pero mucho más torcidas. Solo la evocación de aquel lugar y de sus habitantes provocaba náuseas a los elfos.

La Señora Claus, erguida sobre su montura, no dudó. Flanqueada por sus seis guardias, descendió por el camino principal. Aquella noche las calles estaban desiertas.

La taberna, en el centro del pueblo, rebosaba de ruido y humo. Tras la puerta entreabierta se oían carcajadas, cantos de borrachera y el estrépito de jarras chocando.

Empujó la puerta sin esperar.

El calor, el olor de bebidas espesas y de carne asada la golpearon de inmediato. Los duendes, siluetas pequeñas y fornidas de rostros ásperos, vestidos de verde como reflejos deformados de sus queridos elfos, se agitaban por todas partes. Algunos bailaban sobre las mesas, otros se enzarzaban en peleas más o menos amistosas.

Pero todo se detuvo en seco.

Las conversaciones murieron, los instrumentos callaron, y todas las miradas se dirigieron al centro de la sala.

La Señora Claus permanecía inmóvil, sus seis guardias tensos en formación detrás de ella. Ni un músculo de su rostro tembló. Sus ojos, de un azul glaciar, recorrieron la sala.

—Tráiganme a su jefe.

Un murmullo recorrió la taberna. Finalmente, una silueta más alta emergió de la penumbra del fondo: un duende más corpulento, con el rostro surcado de cicatrices y los dientes amarillentos por el tabaco. **Morvégor**, jefe de todos los duendes.

—¿Qué hace aquí la patrona de Flocongivre? —rió con sorna.

Ella dio un paso al frente, con voz firme exigió saber el nombre de quien había enviado el mal sobre la Tierra.

Morvégor se burló, negándose a revelarlo. Ella le recordó que lo mejor para él y los suyos era no atraer la ira de su esposo, pues su aldea podía terminar reducida a cenizas.

El jefe la observó fijamente y, con una sonrisa maliciosa, soltó:
—**Grivv**.

Ese nombre... lo conocía. Un nombre maldito. Sintió un vuelco en el estómago.

Un silencio tenso... seguido de un clamor.
—¡Grivv! ¡Grivv! ¡Grivv!

Todos los duendes presentes golpeaban las mesas con los puños, coreando el nombre como una promesa.

El jefe se volvió hacia ella, la mirada ardiendo de hostilidad.
—Sabemos que tu marido no está aquí. Y tú... no saldrás viva de este lugar.

Los seis guardias se apretaron a su alrededor, formando un muro de lanzas y escudos.

—Piénsalo bien, Morvégor —clamó la Señora Claus—. ¡Si el mundo de los hombres perece, Hivernia tampoco podrá existir!

—¡Grivv está con nosotros! —rugió Morvégor.

Los duendes gritaron y se abalanzaron sobre los guardias en un caos de golpes, garras y colmillos. La sangre salpicó las paredes. A pesar de su valor, los elfos cayeron uno a uno, abrumados por la multitud.

La Señora Claus quedó sola, de pie en medio de la sala, la espalda recta, las manos vacías pero la cabeza erguida. Estaba lista para vender cara su vida, para llevarse a varios consigo, concentrando su magia.

Un rugido estremeció la taberna. La puerta estalló en pedazos y varios osos blancos gigantes irrumpieron en la sala.

Sus zarpas aplastaban a los duendes como si fueran paja, sus colmillos desgarraban todo a su paso. Los demás duendes que no participaban en la fiesta también entraron en la taberna para sufrir el mismo destino: pronto todo el pueblo fue masacrado.

La Osa Mayor apareció, apoyada en un pesado bastón tallado.
—Hacía siglos que no salía de mi cueva —dijo con voz grave—. Pero sentí que debía seguirte, vieja amiga.

Morvégor fue arrastrado por dos osos hasta la Señora Claus. Ella le ordenó decir dónde se escondía Grivv. Como única respuesta, el ser maligno escupió en dirección a su rostro. Con un gesto de la mano, ella devolvió el fluido sin tocarlo, directo a su propia boca. Uno de los osos, con un asentimiento de su madre, separó su torso de sus piernas.

La Señora Claus se arrodilló un instante junto a sus guardias caídos.
—Mis pobres elfitos…

Luego, poniéndose en pie, cruzó la mirada con la Osa Mayor.
—Ahora debo encontrar a Grivv.

Capítulo 4

Santa Claus había decidido que era demasiado peligroso permanecer en las calles a cielo abierto.

Kenji propuso entonces pasar por las alcantarillas, cuyas entradas conocía todas. El viejo barbudo estaba cada vez más impresionado por el chico. Kenji se encogió de hombros, pero una sonrisa de orgullo lo delató.

Encontraron una compuerta oxidada y descendieron a la sombra. El aire era húmedo, pesado, y la luz de las lámparas que Kenji había traído danzaba sobre las paredes mohosas. El rumor constante del agua casi lograba cubrir el silencio inquietante de la ciudad.

Caminaron algunos minutos y las pilas de las pequeñas lámparas se agotaron. Santa Claus sugirió a Zefira buscar en el saco. Ella encontró, para su sorpresa, una pequeña vela cuya llama se encendió apenas tocó el aire, iluminando muy lejos hacia adelante. Con una sonrisa, Santa Claus le dijo que confiara en las intenciones de la bolsa.

De pronto, una masa oscura se deslizó en el agua estancada. Luego, otra. Dos enormes cocodrilos zombificados, con las escamas cubiertas de algas, surgieron de un pasillo lateral. Parecían salidos de otra era, atrapados allí durante años.

—Aparentemente, el menú especial de esta noche... somos nosotros —dijo Santa Claus, alzando su hacha.

El primer cocodrilo saltó. La hoja rúnica cortó el aire y le cercenó la cabeza de un tajo.
—Y listo, tú quedas en la lista... de los bolsos de mano.

Pero el segundo fue más rápido. Sus fauces chasquearon, haciendo volar el hacha, y lanzó a Santa Claus contra el suelo. En un instante, la bestia se abalanzó sobre él, buscando morderlo.

—¡Por todos los duendecillos de azúcar glas! —refunfuñó mientras forcejeaba.

Zefira entregó la vela a Kenji y metió la mano en la bolsa... de la cual sacó... un diminuto muñeco de nieve.
—¿¡Qué?!

Lo arrojó al suelo y, para su asombro, la figurilla creció de golpe, alcanzando más de dos metros, con brazos cubiertos de músculos de hielo. El gigante atrapó al cocodrilo, lo levantó... y lo desgarró en dos como si fuera un simple regalo.

—Pues... —balbuceó Zefira, aún boquiabierta—. Creo que en realidad esta bolsa siempre quiere ayudarnos.

Los niños corrieron hacia el muñeco de nieve, incapaces de resistir el deseo de acurrucarse contra él. Su nieve no estaba fría, mientras Zefira ayudaba a su patrón a ponerse de pie.

La calma no duró ni un minuto.

Un sonido repentino recorrió las tinieblas. Cientos de pares de ojos diminutos brillaron. Una marea de ratas putrefactas surgió de todos lados, sus dientes castañeando en un estrépito siniestro.

—Bueno... Parece que llegó la hora de cobrarle al ratón de los dientes todas sus monedas —gruñó Santa Claus.

El muñeco de nieve alzó a Kenji y a Meï sobre sus hombros y los protegió con sus brazos macizos. Zefira sacó del costal un tronco de Navidad sólido como un bate de béisbol, con un mango adaptado a sus pequeñas manos.

—Perfecto —dijo sonriendo.

Codo a codo, ella y el viejo Santa arrojaban ratas por los aires.
—¡Uno menos en la lista de los traviesos!
—¡Y este, por haberse robado el queso de la quesadilla!

El muñeco de nieve, por su parte, mandaba a volar roedores de una patada o los aplastaba bajo su talón.

Pasaron más de diez minutos y las ratas seguían llegando.
—No vamos a resistir toda la noche así —bramó Santa Claus.

Zefira tuvo un destello en los ojos. Recuperó la pequeña vela de las manos de Kenji, aún a salvo en los brazos del muñeco de nieve. Ella acercó su tronco a la pequeña llama; ésta saltó sobre él y lo envolvió en fuego como una chispa fulminante. Zefira lo lanzó todo en dirección a los roedores. Inmensas líneas de fuego crecieron en toda la alcantarilla, evitando al grupo. Las ratas fueron pronto consumidas.

—Ahora tenemos palomitas de ratoncitos —comentó Santa Claus.

Reanudaron su marcha, ahora a la luz de las llamas inofensivas para ellos.

Finalmente, jadeantes pero vivos, alcanzaron una pesada puerta metálica. Detrás, una escalera ascendía hacia una luz débil. Habían llegado al gran teatro de la ciudad.

La inmensa sala estaba silenciosa, solo perturbada por el crujido lejano de la madera vieja. Las butacas cubiertas de polvo se alineaban como un ejército dormido.

El pequeño grupo se instaló en el escenario principal. Kenji y Meï, exhaustos, dormían profundamente en los brazos del muñeco de nieve, que, sentado contra una pared, velaba inmóvil como una estatua.

En el borde del escenario, Zefira y Santa Claus observaban la sala vacía. Las luces de las lámparas que aún medio funcionaban, danzaban sobre las decoraciones apagadas.

—¿Quién fue el primero? —preguntó ella de pronto—. El primer elfo... en llevar un nombre.

El viejo barbudo guardó silencio un instante, como si escarbara en lo más profundo de su memoria. Luego habló, su voz resonando suavemente en la acústica del teatro.

—Era un elfo excepcional. Talentoso, admirado por todos. Yo también lo admiraba. Tenía un don. Pero también llevaba en sí una parte oscura, una ambición sin límites.

Zefira lo escuchaba sin interrumpir.

—Siempre quería fabricar juguetes más impresionantes, más poderosos... pero también más peligrosos. Los Antiguos lo convocaban a menudo, y muchas veces lo sancionaban. Yo intercedía por él una y otra vez, pero no podía pasar por encima de la justicia de los elfos... sobre todo el día que cruzó la línea.

Los ojos de Santa Claus se endurecieron.
 —Se adjudicó un nombre. Como sabes, eso está prohibido. Y ese nombre era... **Grivv**. Lo grababa en los juguetes que fabricaba, en todos lados donde podía.

El silencio cayó, pesado.

—Fue desterrado —continuó—. Nadie volvió a oír hablar de él... desde hace siglos.

Zefira se mordió el labio.
 —¿Y yo... ahora que tengo un nombre...?

Él la miró, suavizando su voz.
 —No es lo mismo. El tuyo te lo dio un ser inocente, ajeno a nuestro mundo. No se ha roto ninguna ley. Pero... un nombre, incluso regalado, porta su propia magia. Y tengo el presentimiento de que el tuyo tendrá un papel que jugar.

Ella asintió lentamente.

Se quedaron allí aún un rato, escuchando la respiración tranquila de los niños dormidos. Luego, uno tras otro, dejaron que el cansancio los venciera.

La gran campana de Flocongivre resonó, grave y clara, llamando a todos los elfos a reunirse en la plaza central. La nieve caía en silencio, amortiguando los sonidos del pueblo, pero entre las filas apretadas se percibía la agitación: jamás se tocaba esa campana fuera de las celebraciones.

La Señora Claus, erguida como una llama en su abrigo escarlata, apareció sobre la tarima, después de haber sido escoltada de urgencia por los osos blancos. Su mirada recorrió a la multitud, y el murmullo cesó de inmediato.

—Hijos míos… —dijo con voz firme—. Esta noche hemos perdido a seis de los nuestros.

Un estremecimiento recorrió la asamblea. Nunca se perdía un elfo. Nunca.

—Y eso no es todo.

Hizo una pausa, pesando cada palabra.
 —Grivv ha regresado.

El estupor fue total. Exclamaciones, manos llevadas a la boca. Miradas inquietas. Algunos ancianos bajaron los ojos, como si hubieran temido ese día desde hacía siglos.

—¡Silencio! —ordenó ella, su voz restallando como un látigo.

La calma volvió.

—No nos daremos el lujo de derrumbarnos. Cada minuto cuenta. Grivv debe ser hallado. Y debe ser detenido.

En pocas frases, repartió los equipos, asignó zonas de búsqueda, ordenó armar patrullas. Las instrucciones volaban, precisas, sin espacio para la duda.

Los elfos se activaron de inmediato. Las puertas se cerraban de golpe, los pasos martillaban la nieve, los trineos partían en todas direcciones.

Quedándose sola sobre la tarima, la Señora Claus levantó los ojos hacia el cielo negro.
Aguanta, mi amor... pensó. *Dondequiera que estés.*

Inspiró hondo, lista para volver a preparar el resto de las operaciones.

Un aleteo poderoso hendió el aire. Una sombra enorme cubrió la plaza. Levantó los ojos... y su corazón se encogió.

Un cuervo gigantesco, de plumaje negro brillante, giraba sobre ella. Sus ojos amarillos resplandecían con una inteligencia maligna. De un batir de alas, se lanzó en picada, sus garras aferrándose a sus hombros como tenazas.

—¡Suéltame! —rugió ella, forcejeando, pero el ave la arrancó del suelo con una fuerza increíble.

Los tejados pasaban bajo sus pies. La Señora Claus alcanzó a ver, allá abajo, a los aldeanos, demasiado lejos para intervenir. El viento helado le azotaba el rostro mientras el cuervo la llevaba hacia las montañas del norte, su graznido ronco resonando como un presagio funesto.

Luego, en la lejanía blanca, el pueblo desapareció de su vista.

El silencio del gran teatro no había sido más que un respiro frágil.

Un estrépito de puertas rotas retumbó en la oscuridad. Siluetas surgieron desde los bastidores: comediantes con maquillaje blanquecino, bailarinas con tutús manchados... Todos avanzaban con un mismo paso pesado, como si los arrastraran hilos invisibles.

Y, dominando la tropa, se erguía una mujer enorme con vestido de ópera, el rostro empolvado resquebrajado por la podredumbre, un abanico desgarrado en la mano. Su voz, ronca y profunda, resonó en un grito gutural.

—Otra noche de gala... —murmuró Santa Claus, ajustando su hacha—. Pero para ustedes... será la última.

La diva zombi se lanzó. El choque fue brutal. Santa Claus retrocedió, soltando su hacha bajo la fuerza insospechada de la cantante y, a modo de bienvenida, le lanzó un uppercut que la hizo tambalear. Ella replicó con un golpe de abanico que casi le arrancó la barba.

La pelea tomó tintes de combate de boxeo. Los golpes se sucedían, salpicados por las declaraciones del viejo barbudo:
—Espero que hayas hecho tus vocalizaciones... ¡porque vas a tener que cantar muy fuerte!

Mientras tanto, Zefira se lanzó hacia la bolsa y sacó unas guirnaldas de Navidad. Al tirar de ellas comprendió que podían extenderse hasta el infinito y moverse en todas direcciones. Las fijó en lo alto de los balcones y, como una elfa de la selva, se balanceó.

—¡Dame a los niños! —gritó.

El muñeco de nieve, quien ya estaba luchando contra la horda usando solamente sus poderosas piernas, obedeció, depositando a Kenji y a Meï en otras guirnaldas a las que se aferraron. Zefira agarró las dos lianas improvisadas y, con un impulso ágil, trepó hacia la salida elevada, llevando a los pequeños con ella.

En el escenario, el muñeco de nieve empezaba a crecer, sus músculos de hielo hinchándose como bloques compactos. Barrió a los atacantes con un manotazo, después de una patada que lanzó a un comediante por los aires hasta estrellarlo contra las butacas.

Santa Claus finalmente colocó un gancho fulminante. La cabeza de la cantante de ópera se desprendió en un chasquido seco, rodando por las tablas hasta detenerse a los pies de las bailarinas muertas vivientes.

Cruzó la mirada con el muñeco de nieve y lo entendió.

Sin decir palabra, recuperó su hacha, atrapó una guirnalda y trepó para reunirse con Zefira y los niños. Estos, con lágrimas en los ojos, gritaban:
—¡No podemos dejarlo!
—Lo hace para salvarlos a ustedes —respondió Santa Claus, apurando el paso.

Atravesaron la puerta, con el aliento entrecortado, alejándose por las callejuelas heladas.

Detrás de ellos, el muñeco de nieve seguía creciendo, ocupando casi todo el teatro. Luego, en un rugido de hielo, explotó, pulverizando los muros y sepultando a la tropa macabra en una avalancha blanca.

El grupo se detuvo, jadeante, para ver cómo el teatro se derrumbaba. En su lugar, solo quedaba un campo de nieve inmaculada.

Zefira estrechó a los niños contra ella. Santa Claus bajó la cabeza y murmuró:
—Gracias… mi niño grande.

El viento aullaba en la noche, helado, mordiente. La Señora Claus batía los brazos, en vano. Las garras del cuervo gigante se hundían en sus hombros y la arrastraban por encima de las llanuras nevadas. Bajo ella, el mundo no era más que una cinta blanca, azotada por ráfagas de escarcha.

De pronto, el ave inició un descenso. Una cabaña solitaria apareció en medio del desierto, el techo hundido bajo la nieve, la chimenea exhalando un humo negruzco. El cuervo soltó a su presa sin miramientos. Ella cayó en picada, resbalando dentro del conducto oscuro, a punto de estrellarse…

… pero su caída terminó en un hundimiento suave. Un enorme cojín la había recibido. Al incorporarse, comprendió que se hallaba en una prisión de plexiglás, con paredes frías y lisas que atrapaban su aliento.

Una voz chirriante desgarró la penumbra.
—Entonces, Señora Claus… ¿qué se siente bajar por la chimenea como su querido esposo?

Se quedó helada. Esa voz la conocía.
—Grivv…

La silueta que emergió ya no tenía nada del grácil elfo que había conocido antaño. Su cuerpo, algo encorvado, y sus facciones alargadas parecían atrapadas en un estado monstruoso, ni del todo elfo, ni enteramente duende. Sus ojos brillaban con un extraño resplandor verdoso.

—¿Miedo de una anciana? —dijo ella en tono seco—. ¿Por eso me encierras?

—Anciana o no, sé que usted es tan peligrosa como él —replicó con una sonrisa carnívora en los labios.

Entonces comenzó a hablar, primero con frialdad, luego con un fuego creciente en sus palabras. Contó los años de soledad tras su destierro, sus llamados desesperados sin respuesta, la sensación de haber sido abandonado por quien pretendía ser una madre para todos los elfos. Luego vinieron los duendes: lo habían capturado y convertido en su sirviente, la taberna sórdida, los golpes, las humillaciones.

Hasta que un día, el brujo Morvélis, al sentir en él un potencial, lo tomó bajo su ala, enseñándole las artes oscuras. Grivv se volvió más poderoso que todos y redujo a sus antiguos amos a la esclavitud, matando al brujo para evitar cualquier competencia.

—Qué lástima que sus queridos amigos los osos los hayan destrozado a todos —añadió con un falso suspiro—. Quería hacer de ellos mi ejército. No importa. Sé dónde encontrar otro —afirmó con una sonrisa maliciosa.

Por fin confesó su propósito: crear un virus para aniquilar la Navidad y a Hivernia al mismo tiempo, acabando con los humanos, sobre todo con los niños. Esa sería la más dulce de todas las venganzas para él.

La Señora Claus sostuvo su mirada sin ceder.
 —Esa historia podría conmover a mi dulce esposo, pero no a mí. No eres más que un miserable que se ganó su destino. En cuanto a tu plan... ha fallado. Algunos niños sobrevivieron. Por eso no hemos desaparecido.

Los ojos de Grivv se endurecieron. Alzó la mano, y aparecieron imágenes en el aire: la Osa Mayor y todos sus hijos, congelados en hielo, estatuas silenciosas bajo la luz de la luna.

—Monstruo... —susurró ella.

—¿Y ahora? ¿También me vas a matar?

Él rió suavemente.
 —Oh, no... Voy a devolverla a su hogar. Tiene que ver lo que sigue.

El cojín se deformó de pronto bajo sus pies y la lanzó fuera de la chimenea. Afuera, el cuervo se precipitó sobre ella, la atrapó en pleno vuelo y la llevó de nuevo por el cielo nocturno. Pocos minutos después, la soltaba bruscamente en el corazón de la plaza de Flocongivre.

La nieve se filtraba en su cuello. Se incorporó, con el aliento entrecortado y las manos crispadas.
—¿Qué... sigue? —murmuró para sí misma.

Capítulo 5

El silencio pesado del gran supermercado tenía algo inquietante. Los letreros luminosos zumbaban todavía por momentos, algunas guirnaldas navideñas parpadeaban a pesar del tiempo transcurrido desde la pandemia. Como un recuerdo congelado, el lugar olía a polvo y al azúcar frío de las golosinas abandonadas.

Habían decidido hacer una parada: los niños morían de hambre.

Santa Claus dejó una lata abierta sobre un mostrador improvisado.
—Vamos, niños, un poco de carne y verduras no le hace mal a nadie.

Kenji frunció la nariz, pero obedeció. Meï, en cambio, suspiró ruidosamente.
—¡Pero si hay dulces por todas partes!

Zefira, con las manos en la cintura, intervino
—Patrón, déjelos. ¡En nuestra tierra los elfos solo comemos eso, golosinas! Y mire, ¡yo estoy en plena forma!

El viejo alzó los ojos al cielo.
—Sí, claro... por eso todos ustedes miden un metro veinticinco. Te falta mucho por aprender de la fisonomía de los niños humanos.

Al final cedió, pero solo después de que los dos pequeños hubieran terminado su comida completa. Como postre, les permitió una golosina a cada uno. Meï se abalanzó sobre una bolsa de paletas multicolores, Kenji prefirió una tableta de chocolate.

Mientras terminaban, Meï se detuvo de pronto. Sus ojos brillaban como linternas.
—¡Miren! ¡Las decoraciones!

En el centro de la enorme galería, el antiguo trono de Santa Claus del centro comercial seguía allí, rodeado de falsas estrellas brillantes y de un gigantesco árbol. La niña corrió sin pensar, sus zapatos resonando contra los azulejos fríos.

—¡Meï! —gritó Santa Claus, lanzándose tras ella.

Al mismo tiempo, Kenji tiró de la manga de Zefira.
—¡Yo quiero ver los juguetes! Seguro están allá, ¡vamos!

La elfa, tomada por sorpresa, no tuvo tiempo de protestar.
—¡Eh, no tan rápido!

En segundos, el grupo quedó separado. El viejo barbudo alcanzó a Meï frente al trono decorado. El momento habría podido ser tierno... pero una silueta se desprendió de la sombra. Una silueta demasiado familiar: un Santa Claus... pero muerto, grisáceo, con la piel colgante y la mirada vidriosa. Dos jóvenes mujeres lo acompañaban, con gorros rojos sobre rostros pálidos y minifaldas desgarradas que dejaban ver una carne ya podrida.

Meï lanzó un grito y se refugió tras el verdadero Santa Claus. Este apretó su hacha en la mano.
—Pues vaya... —murmuró—. Mi esposa no aprobaría esta... representación suya.

El falso Santa abrió una boca enorme, de la que escapó un gruñido que resonó en toda la galería.

Mientras tanto, Kenji arrastraba a Zefira hacia el inmenso pasillo de colores. Las cajas de juegos de mesa, muñecas y figuras parecían intactas... pero las siluetas que avanzaban no lo estaban. Antiguos empleados con uniforme azul marino, sus gafetes aún prendidos, tambaleaban hacia ellos. Sus brazos golpeaban los estantes, tirando torres de juguetes.

Kenji retrocedió, los ojos abiertos de par en par.
—¡Están... están por todas partes!

Zefira abrió el costal, segura de encontrar algo... Nada. Vacío. Como una cáscara abandonada.
—¿Qué? ¡No... no puede ser! —balbuceó, desconcertada.

Las siluetas grises avanzaban ya, brazos extendidos, bocas abiertas en un gemido colectivo.
—Estamos perdidos... —susurró.

Kenji no había perdido la cabeza. Su mirada voló hacia un puesto de exhibición donde brillaba un carrito eléctrico infantil, rojo vivo, con cables aún conectados. Las luces parpadeaban. Sonrió.
—No estamos perdidos. ¡Ven!

Se lanzó tras el volante diminuto, giró la llave... y milagro: el motor eléctrico zumbó. Zefira no tuvo tiempo de protestar; él la agarró del brazo y la subió torpemente hacia atrás. Al entrar en contacto con el vehículo de juguete, un nuevo halo de luz rodeó la carrocería de plástico.

El carrito arrancó de golpe. Kenji pisó el acelerador con el talón. El pequeño bólido se lanzó entre los estantes, zigzagueando entre cajas de muñecas y torres de LEGO derrumbadas. Los zombis, sorprendidos, fueron embestidos por el vehículo que rebotaba contra sus piernas. Dos cayeron de lleno, la cabeza golpeando contra los estantes.

Zefira se aferró, con los ojos como platos.
—¡Tú... tú manejas como un loco!
—Vi *Gremlins* con papá —respondió el chico con una sonrisa.

Giró bruscamente, aplastando a un zombi en el camino. La elfa, boquiabierta, estalló en una risa nerviosa pese a la situación.

Mientras tanto, el verdadero Santa Claus resistía. El falso Santa zombi había avanzado hacia ellos, con sus dos "ayudantes" tambaleantes en poses grotescas.

La primera se lanzó contra él. El viejo la recibió con un derechazo en plena mandíbula.
—¡Feliz Navidad, preciosa!

La segunda intentó agarrarlo. Meï, desde atrás, tomó lo primero que encontró: una enorme esfera roja caída de un árbol artificial. La lanzó con todas sus fuerzas. El adorno golpeó a la criatura en plena cara y la

desequilibró.
—¡No toques a mi Santa Claus! —gritó la niña.

Aprovechando la abertura, el viejo hundió su hacha. El cuerpo cayó al suelo. Solo quedaba el falso Santa. Este gruñó y se lanzó adelante, brazos extendidos. El viejo apretó los dientes y soltó su golpe favorito: un derechazo demoledor, el mismo que había tumbado a tantos monstruos. La cabeza del falso Santa se echó hacia atrás, y el coloso muerto viviente se desplomó para siempre.

—Toma eso, impostor patrocinado por refrescos.

Limpió su hacha contra la barba chamuscada de su doble zombi antes de incorporarse. Las dos "asistentes" en minifalda yacían a sus pies como simples guirnaldas mal colgadas.

No tuvo tiempo de respirar. Desde el fondo de los pasillos, un grupo de siluetas tambaleantes avanzaba. Uniformes verdes y rojos, manchados de sangre seca: los empleados del supermercado. Sus rostros, congelados en muecas grotescas, aún parecían llevar las falsas sonrisas del servicio al cliente.

A la cabeza, el jefe carnicero. Un coloso con el delantal cubierto de manchas negras, aún sosteniendo su machete de corte en un puño enorme. Su mandíbula chorreaba carne rancia.

—Genial... —gruñó Santa Claus, alzando su hacha—. Una promoción en carne podrida.

La pelea comenzó. Los zombis atacaron. El hacha describía arcos rojos, cada golpe acompañado de una declaración sarcástica:
—¡Especialidad del día: sesos picados!
—¡Atención, liquidación total!

Pero eran demasiados, rodeando lentamente al viejo.

Fue entonces cuando un rugido ridículo pero heroico resonó en el pasillo de juguetes.

El carrito eléctrico rojo apareció a toda velocidad, sus faros aún parpadeando. Kenji, concentrado como un piloto de rally en miniatura, se aferraba al volante. Detrás, Zefira agitaba los codos para mantener el equilibrio. El bólido arrolló al primer zombi, lanzándolo contra una pirámide de cajas de cereales.

—¡Tadaa! ¡Entrega **exprés**! gritó Kenji.

El carrito derribó a varios muertos vivientes de golpe, antes de regresar hacia el escenario. Meï, que se había trepado para ponerse a salvo, no dudó un segundo. Saltó... pero su aterrizaje fue menos glorioso: de cabeza en los brazos de Zefira, las piernas todavía pataleando en el aire.

—¡Ay! —protestó la elfa, intentando enderezarla. El vehículo seguía avanzando, con Meï todavía agitando las piernas como un costal de dulces mal amarrado.

Santa Claus soltó una breve carcajada, antes de cruzar la mirada con el carnicero, el último adversario en pie. Estaban frente a frente, listos para el duelo final. El coloso levantó su machete, lanzando un rugido gutural.

—Te voy a envolver estilo lomo de cerdo, marrano —lanzó el viejo, alzando su hacha.

Pero justo cuando el arma iba a caer... un estruendo agudo cortó el aire. El carrito rojo, impulsado a toda velocidad, despegó sobre un mostrador derrumbado y embistió al carnicero en pleno pecho.

El impacto fue tan violento que quedó literalmente partido en dos. Su torso voló hacia un pasillo, la cabeza rodando entre frascos de pepinillos, mientras sus piernas permanecían aún de pie unos segundos, temblando, antes de desplomarse al fin.

Santa Claus resopló con fuerza, puso las manos en la cintura y murmuró:
—Esto sí que es... un jamón sin hueso.

El carrito aterrizó a unos metros de allí. Kenji aguantó el golpe, mientras Zefira sostenía a Meï con fuerza contra ella para evitarle el latigazo. El vehículo ya no rugía: sin batería ni magia, había cumplido su misión.

Santa Claus vino a reunir a todos, el aliento pesado, el aire aún cargado de polvo de plástico y de carne.

Zefira puso una mano sobre el hombro de Kenji.
—Fuiste increíble —dijo con una seriedad poco común.

Luego se volvió hacia su patrón, bajando la mirada.
—Creo que ya vacié el saco... ahora no sirvo de mucho.

Santa Claus pasó un brazo enorme detrás de los tres para reunirlos en un círculo protector.
—Todos fueron increíbles. Pero no hay tiempo para quedarnos aquí: ahora debemos ir al parque.

Reemprendieron la marcha, unidos pero transformados: Kenji acababa de demostrar que no era solo un niño a proteger... sino un verdadero aliado.

La ventisca rugía alrededor del pueblo cuando las primeras siluetas aparecieron entre la nieve. Primero una, luego diez, luego cientos. Los elfos que habían partido en expedición regresaban... pero sus ojos estaban vacíos, sus rostros lívidos, y su andar quebrado ya no tenía nada de élfico. A la cabeza, envuelto en sombras y escarcha, avanzaba Grivv.

Su risa resonó, chirriante, llevada por el viento.
—Aquí tienen a sus hermanos, a sus hermanas... a sus hijos. Todos míos, ahora.

Desde el centro del pueblo, la Señora Claus, que esperaba un ataque de Grivv, había erigido defensas rúnicas alrededor de Flocongivre. Alzó su bastón y enormes llamas rodearon su hogar. El corazón se le rompió al ver a parte de sus hijos muertos vivientes lanzarse al fuego, intentando alcanzarla para hacerle daño. Nunca habría imaginado que pudieran ser contaminados por Grivv.

Detrás de ella, los elfos que habían permanecido en el pueblo no se movían, paralizados por el terror.

Cuando vio a Grivv concentrarse en dirección a las llamas, comprendió que era solo cuestión de segundos antes de que entraran todos. Entonces se volvió hacia sus pequeños elfos.

Su voz, firme y clara, se escuchó pese al tumulto:
—¡Hijos míos, Flocongivre no caerá esta noche! ¡Luchen si quieren que las futuras navidades puedan existir!

Palabras simples, pero los elfos se encendieron de valor.

Grivv logró apartar las llamas y sus hordas entraron.

El estrépito de la batalla retumbaba entre los muros ardientes del pueblo. Los elfos de Flocongivre, habitualmente artesanos y narradores, luchaban como podían. No había espadas forjadas ni escudos de guerra: solo bastones de caramelo afilados como lanzas, juguetes de madera convertidos en mazas, guirnaldas electrificadas y esferas navideñas llenas de pólvora explosiva.

Eran valientes, oh sí, pero cada paso hacia atrás les arrancaba un pedazo de esperanza. Los antiguos amigos, hermanos, primos, todos vueltos marionetas podridas, los atacaban sin descanso, los dientes castañeando en el aire helado.

La fuente en el centro del pueblo despertó y comenzó a girar en los aires: litros de caramelo hirviente se preparaban para caer sobre los invasores. Grivv hizo un simple gesto hacia los géiseres y todo se congeló antes de estallar en una miríada de minúsculos bloques de hielo.

La Señora Claus alzó los brazos al cielo, recitando una plegaria olvidada. El viento cambió de dirección, y una nube de lechuzas blancas brotó del bosque. Se lanzaron sobre los elfos zombificados, desgarrando sus ojos, picoteando su carne, deteniendo por un instante el avance enemigo.

Un grito de esperanza recorrió a los defensores. Los corazones se levantaron, los brazos golpearon con más fuerza. Por un breve momento, pareció que la luz recuperaba la ventaja.

Pero Grivv estalló en una carcajada atronadora.
—¿De veras crees que tus avecillas bastarán para desafiarme?

De un movimiento de su brazo, invocó a sus propios servidores: una nube de cuervos negros, enormes, de ojos rojos. Se lanzaron contra las lechuzas, despedazándolas en un torbellino de plumas ensangrentadas. El cielo se oscureció de inmediato, tragado por esa tempestad de gritos y aleteos.

Los elfos perdieron pie. Las barricadas de madera y hielo cedían una tras otra, las filas se rompían. Los niños y ancianos, que se habían quedado atrás, empezaban a gritar.

Entonces, varios guerreros improvisados rodearon a la Señora Claus. Sus rostros estaban ennegrecidos por hollín y sangre, pero sus ojos ardían de resolución.

—¡Patrona, debe ponerse a salvo! —gritó uno de ellos.
—¡No! —protestó ella, golpeando con su bastón—. ¡Me quedo con ustedes, pelearé hasta el final!
—Usted es nuestra última esperanza —insistió otro—. Si cae, todo se acaba.

La arrastraron casi a la fuerza hacia la gran sala, pese a sus protestas. La puerta se cerró detrás de ella, pesada y definitiva.

En el silencio repentino, solo quedaba el rumor de la batalla afuera: los gritos, los choques, los cantos de guerra sofocados. La Señora Claus se mantenía erguida, los puños apretados, el corazón desgarrado por el eco de las voces de sus hijos.

Alzó los ojos hacia las altas ventanas de la sala. Un velo de escarcha cubría la luna. Entonces comprendió que no quedaba más que un único camino.

Posó una mano temblorosa sobre la puerta cerrada. Luego, girándose hacia la escalera secreta que descendía a las profundidades del pueblo, tomó su decisión.

Capítulo 6

La pequeña tropa avanzaba penosamente por una calle desierta, donde los faroles, torcidos por la herrumbre y el tiempo, parecían inclinarse hacia ellos como si quisieran escuchar su respiración. En la vuelta de una esquina, desembocaron en una feria abandonada. Las guirnaldas eléctricas aún colgaban, apagadas y opacas, y los puestos de tiro exhibían sus peluches polvorientos ante la mirada de fantasmas invisibles.

Kenji, consultando su mapa, declaró con voz cansada:
—Unos kilómetros más... y llegamos al parque.

Pero los dos niños ya no podían más. Arrastraban los pies y sus párpados caían sin remedio. El viejo Santa terminó por suspirar y, con un gesto amplio de su mano enguantada, señaló la gran rueda que todavía se erguía en el centro de la plaza.
—¡Alto ahí, mis renitos! Descanso obligatorio.

Colocaron a Kenji y Meï en una de las cabinas. Santa Claus los levantó con una facilidad sorprendente, y los dos se acomodaron uno al lado del otro, aliviados al fin de reposar las piernas.

Zefira, que se había quedado abajo, miraba sus manos vacías. Cerraba los puños, mordía su labio. Al final, se atrevió:
—Patrón… yo… lo siento por el costal. Lo vacié. Ahora soy inútil…

Habían dejado la bolsa atrás para no cargarla; una vez salvada la Navidad, habría tiempo de recuperarla.

Santa cruzó los brazos y estalló en una carcajada que resonó por toda la plaza.
—¿Inútil? ¿De veras? Te equivocas, Zefira. El saco no es el único que guarda magia. ¿Cómo crees que un carrito eléctrico infantil podría convertirse en un tanque rodante? ¿No te dije ya que tu nombre no es solo un nombre?

Antes de que pudiera responder, la gran rueda comenzó a chirriar. De golpe, las cabinas se sacudieron y empezaron a moverse, levantando a Kenji y Meï en un crujido de hierro oxidado.

La risa esquelética de una caja musical resonó. Formas surgieron de todas partes. Payasos de maquillaje resquebrajado, con la boca chorreando sangre negra, avanzaban tambaleantes, blandiendo mazos y globos podridos.

Santa apretó su hacha, un brillo feroz en los ojos.
—Oh no… no ellos. Siempre odié a los payasos.

Se lanzó de lleno en la pelea, encadenando golpes como un leñador furioso. A cada impacto, soltaba una frase estrepitosa:
—¡Tú, regresa a tu caja de risas!
—¡Anda a flotar en las alcantarillas!

Pero Zefira ya no escuchaba. Miraba hacia lo alto de la rueda, donde la cabina de los niños había quedado trabada, detenida en la cima. Zombis ya escalaban la estructura metálica, sus dedos huesudos enganchándose como arañas.

—¡No… NO! —gritó ella.

Santa, mientras rechazaba a dos payasos de un manotazo, le gritó:
—¡Zefira! ¡Tu nombre! ¡Recuerda tu nombre!

Allá arriba, Meï, aterrada, se aferraba a su hermano. Sus ojos rebosaban de lágrimas. En un gesto brusco, soltó su muñeca favorita, que cayó al vacío. El objeto giró en el aire, golpeó los barrotes de la rueda y, descosida de lado a lado, se estrelló a los pies de Zefira.

La elfa quedó inmóvil, clavando la vista en aquel pequeño rostro de trapo. La voz de Santa resonaba en su cabeza. Algo se rompió dentro de ella. O más bien: algo se liberó.

Un rugido le salió de la garganta. Su cuerpo comenzó a crecer, sus músculos a expandirse bajo la piel clara. La ropa se desgarró. Su cabellera llameante se alargó hasta azotar su espalda. Sus ojos ardían como brasas vivas.

Levantó la cabeza, invadida por una fuerza desconocida, y saltó hacia la rueda, trepando con furia salvaje. Sus puños destrozaban cráneos de zombis, lanzándolos al vacío.

Meï, con los ojos como platos, balbuceó a su hermano:
—Wooooow… Yo sabía que era ella… ¡Es la verdadera Zefira!

Zefira alcanzó la cabina, arrancó a las criaturas pegadas y levantó a los niños bajo sus brazos como si no pesaran nada. De un salto prodigioso, descendió, aterrizando en el suelo con un estruendo que levantó polvo.

Depositó con cuidado a Kenji y Meï, y se volvió hacia el combate. Santa Claus remataba a un adversario con su hacha. Ella no se dio tiempo de respirar: se lanzó, destrozó a los últimos carroñeros y los dispersó en pedazos.

Santa la observó, satisfecho, y asintió con la cabeza.
—Definitivamente… no tienes nada de inútil.

Zefira, jadeante, miraba sus manos vibrantes de poder. Por primera vez, ya no se sentía una simple aprendiz… sino una auténtica guerrera de la Navidad.

El suelo tembló de pronto bajo sus pies. Las luces titilaron, las estructuras metálicas gimieron. Un estruendo sordo subió desde las profundidades, como si la tierra misma se negara a guardar sus secretos.

La gran rueda, ya debilitada, se desprendió de sus anclajes con un crujido monstruoso y se desplomó hacia ellos. Los niños gritaron. Santa Claus alzó el hacha, dispuesto a recibir el impacto... pero Zefira, en un impulso desesperado, se lanzó al frente.

Sus brazos, repletos de fuerza nueva, detuvieron la rueda en pleno movimiento. Los músculos tensos, los dientes apretados, sostuvo el acero tembloroso sobre sus cabezas.
—Por las estrellas navideñas... —murmuró el viejo, asombrado.

En ese instante, una grieta gigantesca se abrió en el suelo. Una nueva horda de zombis, atraída por el estrépito, irrumpía... pero el abismo los tragó de golpe, como succionados por las entrañas de la tierra. El suelo se derrumbó también bajo los pies de Santa y de los niños.

Cayeron.

En una reacción fulgurante, el coloso plantó su hacha en la pared de concreto, mientras con la otra mano aferraba a Meï, que pataleaba gritando. Kenji se colgó de los tobillos de su hermana. Suspendido sobre el vacío, gruñía, los músculos temblando por el esfuerzo.
—¡Aguanten, pequeños... no los soltaré!

La sacudida terminó por calmarse. Zefira, jadeante, lanzó la gran rueda que aún sostenía, haciéndola rodar y aplastar otra ola de carroñeros que se acercaba. Después, con ojos desorbitados, vio a su patrón colgando del borde, al límite de sus fuerzas.

Sin pensar, saltó. Su mano atrapó su muñeca y, en un reflejo torpe aún con su fuerza nueva, lo jaló de un tirón. Demasiado fuerte. Santa Claus y los dos niños salieron disparados por los aires como muñecos de trapo.

Zefira lanzó un grito de pánico. Pero en pleno vuelo, el viejo soltó a propósito a los niños, su mirada ardiendo de confianza.
—¡Es tu turno, Zefira!

La elfa rugió y atrapó a los dos pequeños en sus brazos, apretándolos contra ella. Santa, por su parte, cayó pesadamente al suelo con un estrépito. Una nube de polvo lo envolvió.

Segundos de silencio... y luego se levantó lentamente, tronándose los hombros, el hacha aún en la mano.
—Hmpf... Hoy no será el día en que la tierra me trague.

Los niños rompieron en sollozos de alivio. Zefira, temblorosa, los mantenía aún contra ella. Se le abrieron los ojos al darse cuenta de lo que acababa de hacer. Balbuceó:
—Yo... yo casi los partí en dos...

Santa Claus, sonriendo a pesar de sus heridas, posó su mano rugosa sobre su hombro.
—No. Nos acabas de salvar.

El grupo se permitió un instante de respiro.
—Vamos, no nos quedemos aquí —dijo el viejo, con la vista hacia adelante—. Siento que mis renos nos esperan.

Y reanudaron la marcha.

La Señora Claus descendía por las escaleras talladas en la piedra helada. Los ruidos de la batalla, arriba, resonaban como un eco lejano: los gritos de los elfos, los alaridos de los muertos, el graznido infernal de los cuervos de Grivv.

Al final del corredor, una pesada puerta se abrió sola ante ella, como empujada por un soplo invisible. Penetró en la sala prohibida. Bajo el suelo congelado del pueblo se erguía un árbol inmenso, el árbol hivernal, cuyas raíces translúcidas atravesaban las losas como venas luminosas. Alrededor de su tronco estaban sentados siete elfos venerables, más antiguos que la memoria misma de la Navidad. Sus ojos sabios se alzaron hacia ella.

El corazón de la Señora Claus se quebró.
—Lamento pedirles este sacrificio. Pero no queda otra esperanza.

Los ancianos intercambiaron una mirada silenciosa y luego asintieron al unísono. Hablaron de una sola voz, temblorosa como un cascabel resquebrajado:
—Todo para detener a Grivv. Todo por la Navidad.

Posaron sus manos frágiles sobre el tronco. Un resplandor rojizo empezó a correr por la corteza, subiendo a las ramas como un incendio mudo. Poco a poco, los ancianos cerraron los ojos, haciendo pasar sus fuerzas vitales a través del árbol. Sus rostros se fijaron en una expresión serena... y se durmieron para la eternidad.

El árbol comenzó a crujir, a resquebrajarse con estrépito de trueno. Astillas volaron y, de su corazón, surgieron siete siluetas colosales. Siete soldados de madera, con mandíbulas cuadradas, sus uniformes pintados de rojo y oro, sus botas negras golpeando el suelo como tambores de guerra. Los Nutcrackers acababan de renacer.

La Señora Claus alzó su bastón y los arengó:
—¡Vamos, mis soldados gigantes! ¡Defiendan lo que queda de nuestro mundo!

Recogieron sus armas que decoraban los muros y subieron a la superficie. Allí, la batalla terminó en un instante. Cada mordida de sus enormes mandíbulas de madera trituraba decenas de zombis. Su marcha lanzaba por los aires a los enemigos como muñecos de trapo. Los cuervos de Grivv fueron reducidos a una lluvia de plumas negras.

Cuando la polvareda se asentó, apenas quedaba un puñado de elfos no contaminados, temblando pero vivos. Entre los puños de los Nutcrackers, Grivv se debatía en vano, prisionero.

Los Nutcrackers arrojaron a Grivv a los pies de la Señora Claus, que se había instalado en el taller con una taza humeante. Soplando suavemente sobre su chocolate caliente, levantó los ojos hacia el traidor.

—¿De veras creíste que podías profanar la Navidad sin consecuencias? Parece que vas a terminar... como un simple juguete roto.

Un gesto de su mano. Los Nutcrackers arrastraron a Grivv hasta la trituradora de juguetes defectuosa. La máquina despertó en un rugido metálico, tragó el cuerpo aullante del hechicero y lo trituró en un crujido atroz. Un chorro rojo salpicó el suelo. Una sola gota cayó sobre la parte blanca del gorro de la Señora Claus.

Ella llevó la taza a los labios, imperturbable.
—Ah... nada como un buen chocolate caliente, bien cargado y con malvaviscos.

Encima de la sala, un portal se abrió. Las runas de su bastón dibujaban un círculo resplandeciente en el aire. Del otro lado, apareció la Osa Mayor con sus hijos, por fin liberados de la maldición. Su rugido resonó en el cielo estrellado, libre y poderoso.

La Señora Claus cerró el portal, el rostro endurecido de nuevo.
—El velo mágico ha caído. Debo encontrar a mi esposo.

Con paso decidido, salió de la sala, rodeada de los siete gigantes de madera.

Detrás de ella, en el rumor apagado de la trituradora, una sombra espectral se deslizó discretamente fuera de la carcasa destrozada. Silenciosa, se alzó entre las tinieblas y voló hacia lo desconocido.

Capítulo 7

Zefira avanzaba con paso firme, llevando a los dos niños sobre sus hombros, exactamente como lo había hecho antes el muñeco de nieve. Kenji y Meï reían a pesar del cansancio, abrazados a ella, impresionados por la fuerza tranquila que emanaba de su nueva heroína.

Santa Claus, jadeante pero siempre atento, fue el primero en verlos. A pocos metros, detrás de una cerca rota e invadida de hierba escarchada, cuatro siluetas familiares mordisqueaban tranquilamente las hojas heladas de un arbusto. Sus renos. Los sobrevivientes.

Se detuvo en seco, con el hacha todavía en la mano, y sus ojos se humedecieron. Su voz se quebró en un suspiro cargado de emoción:
— Mis buenos pequeñitos...

Al escuchar el llamado, los renos levantaron la cabeza y se acercaron, resoplando suavemente. El viejo colocó su mano áspera sobre el hocico del primero, luego sobre el cuello de los otros, hablándoles en voz baja como a viejos amigos reencontrados tras una pesadilla interminable. Incluso besó a uno de ellos en la frente, incapaz de contener la emoción.

— Niños, acérquense —dijo con una sonrisa tierna—. Les presento a mis fieles compañeros.

Kenji, con los ojos muy abiertos, acarició tímidamente el lomo del más grande, mientras Meï soltó una carcajada al sentir el aliento tibio de otro cosquilleándole la palma. Los tocaban como se toca un sueño vuelto realidad.

Zefira, de pie detrás de ellos, observaba la escena con una mezcla de admiración y alivio. Jamás había visto a su patrón tan vulnerable, tan "humano".

Entonces Santa Claus levantó la cabeza, se secó una lágrima con el dorso de la mano y declaró con voz temblorosa pero llena de esperanza:
— Ya está... volvemos a casa.

Colocó sus manos rugosas sobre el cuello de cada reno, como si buscara a tientas un soplo invisible. Cerró los ojos, respiró profundamente. Sí... todavía quedaba un poco de aquel calor antiguo, un resto de chispa. Pero no era más que un suspiro cansado, una brasa tambaleante en la noche helada.

Los hizo avanzar, los animó con voz firme:
— ¡Adelante! ¡A volar!

Los renos obedecieron, pateando el suelo, agitando sus astas. El brinco arrancó un escalofrío de esperanza: la tierra tembló bajo sus patas y, por un instante, se elevaron, planeando apenas unos metros sobre el suelo. Zefira levantó a los niños, lista para montarlos en sus futuros corceles. Pero casi enseguida la magia se disipó. Los cuatro cayeron pesadamente, resoplando, los flancos temblando de agotamiento.

El corazón de Santa se oprimió. Un vuelo completo hasta Flocongivre, con pasajeros sobre sus lomos... parecía imposible.

Quedó inmóvil, pensativo, apretando su hacha, mientras Zefira, aún rodeada de su nueva fuerza, depositaba suavemente a los dos pequeños en el suelo. Los niños lo miraban confiados, esperando una respuesta que él todavía no tenía.

Un rugido se levantó entonces a sus espaldas. Un clamor lúgubre, una marea de gemidos. Siluetas arrancándose de la sombra de los árboles, trepando por las cercas retorcidas del parque, encaramándose por docenas.

Una nueva horda entraba en escena. Más numerosa, más hambrienta. El tiempo se había agotado.

— ¡Zefira! ¡Ponlos a salvo! —tronó Santa Claus, su voz cubierta por los gruñidos de los caminantes.

Sin dudar, la elfa y guerrera en un mismo cuerpo, se lanzó. Tomó a los dos niños y los levantó, uno bajo cada brazo. Sus piernas colosales la impulsaron hacia un enorme pino en medio del parque. Trepó como pantera, dejando a Kenji y Meï en una rama ancha y sólida, lo suficientemente alta para alejarlos de la marea jadeante.

— ¡No se muevan! —ordenó, con los ojos ardiendo de seguridad.

Ya bajaba de nuevo, el aire silbando a su alrededor, para enfrentar la tarea más difícil: salvar a los renos.

El primero fue izado sobre sus hombros y, a pesar de sus cascos inquietos, Zefira corrió y saltó de un movimiento titánico hasta el techo del restaurante turístico al borde del parque. Las tejas crujieron bajo el impacto, pero el animal estaba a salvo. Sin pausa, volvió enseguida, implacable. Uno por uno, los renos fueron transportados, con los ojos rodando de pánico, hasta aquel refugio improbable.

Mientras tanto, en el suelo, Santa Claus resistía. Su hacha trazaba arcos sangrientos, destrozando cráneos y mandíbulas. Su voz resonaba, burlona y terrible, cada golpe acompañado de una frase mordaz. Pero sus movimientos iban perdiendo fuerza. Su respiración era cada vez más corta, su brazo se entumecía.

La marea era demasiado vasta. Los zombis se lanzaban sobre él por docenas, garras extendidas, bocas abiertas. Pese a la furia que lo animaba, empezaba a doblarse bajo el número de asaltantes.

Zefira cayó en medio de la horda, destrozando a un muerto viviente con un codazo que lo mandó volar varios metros. Aterrizó al lado de su patrón, limpiándose de un manotazo una salpicadura oscura en el rostro.
— ¿Así que pensaba acabar solo, viejo gruñón? —lanzó, jadeante.
— Justo iba a decir que esto necesitaba un poco de espectáculo —gruñó Santa Claus, derribando un cráneo podrido con su hacha.

Codo con codo, limpiaban el suelo, turnándose casi como en una danza macabra: cada tajo del hacha encontraba eco en un puñetazo ardiente de Zefira, cada comentario del viejo arrancaba una sonrisa crispada a la elfa en plena furia.

Por un instante, creyeron recuperar la ventaja. Los cadáveres tapizaban el parque, y hasta los más temerarios dudaban en acercarse.

Pero entonces un estruendo brotó del horizonte. Siluetas emergieron, primero decenas, luego cientos. Todas las calles alrededor del parque vomitaban criaturas tambaleantes: parecía que toda la ciudad convergía hacia ellos.
— Oh no... —susurró Zefira, con los puños aún en alto, temblando de cansancio.
Santa Claus apretó los dientes, su brazo izquierdo entumecido, el aliento pesado.
— ¡He visto filas de espera más simpáticas que esta!

La broma sonaba hueca, ahogada por la marea rugiente. Seguían golpeando, seguían resistiendo, pero cada vez más lentos. El sudor les pegaba la piel, la sangre les cubría las manos.

Allá arriba, en el árbol, Kenji y Meï se abrazaban, el corazón a punto de estallar. Veían a sus salvadores doblarse bajo la marea, sin poder ayudar. En el techo, los renos levantaban la cabeza, agitando sus astas, y lanzaban un bramido agudo, casi desesperado, que resonó en la noche como un llamado salvaje.

La derrota parecía inevitable.

De pronto, una luz se abrió en el cielo. Un resplandor cálido, suave, casi irreal, partió las nubes cargadas de ceniza. Una voz clara, vibrante, acarició el viento:
— Te encontré, mi amor...

Santa Claus levantó el rostro, los ojos nublados de lágrimas. La reconoció al instante. Su esposa. Su fuerza. Su mitad.

Un inmenso escalón descendió del cielo, tejido de arcoíris y estrellas. Y sobre sus peldaños aparecieron, uno tras otro, los Nutcrackers. Siete colosos de madera tallada, con rostros fijos de soldados de desfile, pero animados por un poder implacable.

Se lanzaron a la batalla. Sus mandíbulas de madera tronaban como tambores, sus brazos derribaban zombis por decenas. Cada golpe resonaba como un trueno. La horda fue destrozada, triturada, barrida. El suelo mismo temblaba bajo sus pasos.

Zefira, jadeante, tambaleante, se apoyó en su patrón. Él también estaba agotado, su hacha pesándole como plomo. Juntos, en medio del caos, pudieron respirar un segundo.

El viejo alzó los ojos al cielo. Quiso soltar una de sus bravatas, pero la voz se le quebró. Solo murmuró, con emoción desbordada:
— Gracias… mi dulce…

A su alrededor, los Nutcrackers terminaban su labor. La horda entera fue pulverizada. El parque, que unos instantes antes estaba saturado de gruñidos y alaridos, se llenó de un silencio casi sagrado.

La calma, frágil y preciosa, volvió por fin al parque. Los niños fueron bajados de su refugio, aún temblando, y se arrojaron a los brazos de Santa Claus. Los Nutcrackers, inflexibles y mudos, se apresuraron a recuperar los renos y traerlos junto al pequeño grupo.

Zefira, curiosa, posó la mano sobre la escalera luminosa. Sus dedos encontraron una materia lisa y perfumada. Con una sonrisa traviesa, arrancó dos grandes trozos de caramelo de menta y se los tendió a los niños, que se abalanzaron sobre ellos con ojos maravillados.

—Francamente… gruñó Santa Claus cruzándose de brazos. Como si necesitara ocuparme de caries en el taller… Y además, eviten comer la escalera, ¡es literalmente nuestro billete de regreso a casa!

Todos estallaron en carcajadas, un instante de calor en medio del caos. Incluso la Señora Claus, muy lejos en la cima, dejó resonar su risa cristalina, llevada por el viento.

Pero la calma no duró.

Una sombra helada atravesó el cielo. La forma espectral que había escapado de la trituradora apareció en el portal y lo cerró de un zarpazo. El arcoíris vibró y se desmoronó en una lluvia de fragmentos brillantes.
— ¡CORRAN! —gritó Zefira, cargando a los niños. Todos se dispersaron, esquivando los bloques de azúcar que caían como meteoritos.

En el centro del parque, la sombra se detuvo. Grivv. Su contorno se estiró, se infló como una telaraña monstruosa.
— Les dije que destruiría la Navidad.

De un gesto, atrajo hacia sí los cadáveres cercanos. La carne podrida, los huesos quebrados, los miembros arrancados comenzaron a arrastrarse, a volar hacia él. Y no se detuvo allí: los payasos deformes de la feria, la cantante obesa, los lobos descarnados... todo lo que el grupo había enfrentado o temido, acudió a su llamado.

La masa creció, se mezcló, se fusionó en una abominación inmensa. Carne, madera, acero, plumas y garras se entrelazaron en una silueta colosal. El rugido de mil gargantas estremeció la ciudad entera cuando el horror terminó su metamorfosis.

Un monstruo titánico, repulsivo, informe y sin embargo vivo, se alzó en la noche.

Los siete Nutcrackers se lanzaron como uno solo. Sus mandíbulas tronaron, sus botas resonaron. La tierra vibraba de su poder, y por un instante, parecía que vencerían. Golpeaban con escudos y alabardas, hundían sus puños de madera en la carne mutante. El monstruo retrocedió, gritando con sus mil voces. Los niños aplaudían, los renos relinchaban de esperanza, y hasta Santa Claus sintió su corazón aligerarse.

Pero la ilusión duró poco.

La abominación rugió y desató una ola de sombras y llamas negras. El primer Nutcracker fue atrapado por tentáculos viscosos que le arrancaron las piernas. El segundo fue levantado y aplastado entre mandíbulas que brotaron del torso mismo de la criatura. El tercero intentó proteger a sus hermanos, pero una nube de payasos podridos salió de la piel del monstruo y lo destrozó en astillas.

El cuarto fue atravesado de lado a lado por una campana metálica salida de la nada. El quinto se ahogó en un torrente de lodo y vísceras. El sexto luchó hasta el final, pero fue tragado por una boca que se abrió en el flanco de la bestia. Sus golpes resonaron adentro como tambores fúnebres, hasta apagarse.

El último, el más grande, saltó desesperado. Hundió su arma en un ojo colosal. Un chorro negro brotó, pero el triunfo fue breve: el monstruo cerró su puño y lo pulverizó.

El silencio cayó sobre el parque. Donde habían estado los siete protectores, solo quedaban astillas esparcidas, como juguetes rotos. Los niños lloraron. Zefira apretó los dientes. Santa Claus comprendió que ya no había más aplazamientos: la batalla final había llegado.

Montó a Meï y Kenji sobre el lomo del reno más fuerte, confiándolos al resto del rebaño. Los animales relincharon y corrieron, alejándolos del campo de batalla.
— Protégelos... —murmuró, la voz quebrada.

Se volvió. A su lado, Zefira levantó los puños en llamas, su cabello ardiendo de poder. Se inclinó, recogió la alabarda destrozada de un Nutcracker. En sus manos, vibró como si reconociera una nueva dueña.

El monstruo aulló, la voz espectral de Grivv retumbando desde sus entrañas:
— No pueden hacer nada. Todo lo que aman caerá. Sus sacrificios son migajas en mi banquete eterno.

Santa Claus apretó los guantes, levantó su hacha. Zefira alzó la alabarda. Y juntos, en un mismo salto, atacaron.

Se movían como ráfagas, casi como en una danza. Zefira clavó la alabarda en un flanco deformado; Santa golpeó un ojo hecho de rostros fusionados. Cada impacto era acompañado de un grito mordaz:
— ¡Feliz Navidad, verruga andante!
— ¡Ya recibiste tu regalo, Grivv... y es devolución de mercancía!

El monstruo vaciló. Sus pasos hacían temblar la tierra, y pedazos de su cuerpo caían, pero se regeneraban al instante.

Zefira, jadeante, se limpió la sangre negra del rostro.
— Es... demasiado fuerte. Nada lo hiere...

Santa Claus respiraba con dificultad, sus puños apretados sobre el hacha. Todo su coraje parecía inútil contra esa carne invencible.

Entonces Zefira lo miró, sus fuerzas agotándose. Extendió la mano.
— Patrón...

Sus dedos se enlazaron. Y una oleada de calor atravesó a la elfa, vaciándose en él. Su piel se quebró en luz, su cabello ardiente se apagó. Recuperó su forma original: la de una simple elfa, frágil, de larga cabellera, como última prueba de su poder abandonado, exhausta pero serena. Había tomado una decisión.

Santa Claus entendió. La magia lo inundó como nunca. Sus músculos crecieron, su abrigo rojo vibró con energía. Sus ojos se encendieron como brasas, echando humo. Rayos crepitaron a su alrededor.

Levantó la cabeza, mirando al coloso.
— ¡GRIVV! —rugió, con voz de trueno.

Alzó el hacha, ahora envuelta en un aura escarlata. El monstruo lo vio y gritó con todas sus bocas. Pero esta vez, Santa no vaciló. Corrió, cada paso sonando como un tambor de guerra. Saltó. No, voló, desafiando la ley del mundo.

El hacha descendió.

Atravesó el cráneo del gigante, y una explosión de luz roja inundó el parque. El resplandor barrió árboles, edificios y sombras, borrando todo grito, toda corrupción.

Cuando el silencio volvió, solo quedó una nube negra flotando en el aire. En medio, una silueta se erguía. Santa Claus, de pie, su hacha aún humeante en la mano.

Entonces el portal celestial se abrió de nuevo, desgarrando el aire con un resplandor blanco. De los restos, surgieron volutas oscuras, y la forma espectral de Grivv se lanzó a toda velocidad, aullando de rabia y dolor. Buscaba escapar una vez más.

Pero esta vez no estaba solo.

—Esta vez no, monstruo... —murmuró una voz dulce pero firme.

La Señora Claus apareció en la entrada del portal, rodeada de luz. Sus manos dibujaron espirales de energía, y la magia atrapó al espíritu negro de Grivv. El espectro se retorció, arañando el vacío con sus garras espectrales.
— Ya has atormentado bastante a estos dos mundos.

Silencio. Nadie supo a dónde lo envió.

Grivv abrió los ojos. Todo a su alrededor estaba cerrado. Paredes de cristal helado lo rodeaban, circulares e indestructibles. Sobre él, los copos de nieve caían sin fin, como si el cielo mismo hubiera quedado atrapado en una tormenta eterna. Comprendió. Una esfera. Una prisión. Una bola de nieve.

Gritó, golpeando las paredes con todas sus fuerzas. El sonido era débil, ridículo. De pronto, una sombra colosal cubrió la prisión.

Una garra blanca, enorme y peluda, se posó sobre la cima de la esfera. Grivv levantó la vista, y su grito se ahogó. Dos pupilas brillaban en la penumbra de una cueva helada.

Una risa grave, profunda, resonó como un eco milenario.

La Osa Mayor.

Sacudió la bola entre sus garras. La nieve artificial cayó en copos luminosos sobre el espectro atrapado. Grivv, desesperado, volvió a gritar, su voz destinada a resonar por la eternidad, mezclada con la carcajada retumbante de la osa cósmica.

El parque no era más que un campo de cenizas. En el centro, Santa Claus permanecía de pie, la cabeza gacha, el gran hacha aún en su mano. Su abrigo rojo, desgarrado, flotaba con el viento helado. La luz de sus ojos se había apagado.

Zefira se acercó con pasos cautelosos. Quiso ponerle la mano en el hombro, temerosa de romper algo sagrado en aquella quietud.

El portal aún brillaba arriba, inestable. La voz de la Señora Claus retumbó, llena de dolor:
 — No puedo cruzar, mi amor… Si paso, perderé mi magia… y todos quedaríamos atrapados aquí abajo.

Sus palabras se disolvieron en el aire frío, como una caricia impotente.

Entonces, un relincho rompió el silencio. Los cuatro renos sobrevivientes regresaban al galope, jadeantes, llevando sobre sus lomos a Kenji y Meï. Los niños bajaron corriendo, lágrimas en los ojos, y se lanzaron hacia el viejo inmóvil.
 — ¡Santa Claus! —gritó Meï, con la voz rota.

El cuerpo cedió. Santa cayó de rodillas y luego de costado. Su hacha se clavó en la tierra ennegrecida. Sus párpados se cerraron.

— ¡No!

Zefira lo sacudió, buscando un aliento, una señal. Nada.

El viejo seguía vivo, pero su espíritu se había apagado. Hundido en un sueño profundo. Un coma.

Todos quedaron paralizados alrededor de él: los niños sollozaban, los renos bufaban, y hasta la voz lejana de la Señora Claus se había extinguido.

La batalla estaba ganada. Pero ¿a qué precio?

Santa Claus yacía roto, en sus manos.

Capítulo 8

Cuando volvió a abrir los ojos, creyó al principio que estaba soñando. El techo abovedado de madera tallada le pareció a la vez familiar y distante. Luego, el olor a resina y canela le confirmó que, en efecto, estaba en casa: en su habitación, en Flocongivre.

A su derecha, Zefira dormiteaba en una pequeña silla, con la cabeza apoyada en el borde de la cama. Sus largos cabellos rojizos caían en mechones enredados, y sus manos aún temblaban como si velara incluso en sueños. A la izquierda, cerca de la puerta entreabierta, la Señora Claus lo observaba de pie, con una sonrisa cansada pero luminosa en los labios.

El Santa Claus parpadeó, carraspeó y preguntó con voz áspera:

— ¿Qué… ha pasado?

Zefira dio un respingo, levantó la cabeza y le tomó la mano con una emoción que no trató de ocultar.

— Después de que usted se desmayara, la Señora Claus llamó a los elfos. Ellos nos trajeron a todos de vuelta. La Osa Mayor prestó su magia para estabilizar el viaje. Sin ella, seguiríamos atrapados allí.

Una débil risa sacudió la barba blanca del anciano.

— Esa querida Osa Mayor… siempre lista para sacarnos de apuros.

La Señora Claus se acercó, cruzándose de brazos. Sus ojos brillaban tanto de afecto como de reproches silenciosos.

— Deberías agradecerle sobre todo a Zefira. Ella te cuidó casi día y noche. No ha cerrado los ojos desde que regresaste.

La joven elfa bajó la mirada, avergonzada, y murmuró:

— No hice más que cumplir con mi deber.

Santa Claus le apretó suavemente la mano.

— Hiciste mucho más que eso. Gracias.

Entonces, su expresión se ensombreció de pronto.

— Y... ¿los niños? Kenji, Meï... ¿dónde están?

Una sonrisa radiante se dibujó en los labios de su esposa.

Ella abrió un poco más la puerta y, de inmediato, dos pequeños torbellinos entraron corriendo. Kenji y Meï se lanzaron sobre la cama, riendo y llorando a la vez, aferrándose al anciano como a un tesoro recuperado.

— ¡Santa Claus! —gritó Meï mientras lo llenaba de besos.

— ¡Estás despierto! —añadió Kenji, con los ojos brillantes.

El anciano estalló en una risa emocionada que hizo vibrar toda la habitación.

Pero apenas la emoción se calmó, volvió su seriedad.

— Aún tenemos mucho trabajo... Hay que preparar la Navidad.

Un silencio siguió a sus palabras, antes de que la Señora Claus negara suavemente con la cabeza.

— Amor mío... Ya estamos en febrero. Dormiste mucho tiempo.

Continuó con voz más grave:

— Después de la desaparición de Grivv, uní mi magia a la de la Osa Mayor. Hicimos caer una nieve purificadora sobre toda la Tierra. El virus desapareció, el mundo está salvado... Pero Neón Polis... no queda nadie. El resto de los humanos, ellos... se están recuperando poco a poco: de sus heridas y de sus almas.

Se instaló un silencio espeso. Luego Santa Claus cerró los ojos un instante, suspiró profundamente y volvió a sonreír por sus pequeños protegidos.

— Entonces, solo queda ayudarles a recuperar la esperanza.

Apartó las mantas y, algo tambaleante, se puso de pie. Su barba aún arrugada por el sueño contrastaba con la determinación de sus gestos. Zefira quiso ayudarlo, pero él la detuvo con un gesto amable.

Se puso su larga bata verde ribeteada de piel blanca y ajustó el cinturón con un nudo firme. A pesar del cansancio todavía visible en sus hombros, se mantenía erguido, orgulloso, como para tranquilizar a todos.

— Muéstrenme —dijo con una voz grave pero suave—. Muéstrenme qué ha sido de Flocongivre.

Los niños saltaron de impaciencia, Zefira abrió ya la puerta, y la Señora Claus se disponía a seguirlos. Pero él retuvo a su esposa por la mano, con suavidad, y la atrajo hacia sí.

Una sonrisa tímida se abrió paso entre su barba.

— Olvidé algo.

Sus frentes se rozaron, y compartieron un beso nariz con nariz, simple y tierno, como un ritual solo suyo. Los niños estallaron en risas al verlos, y Zefira apartó la mirada sonrojada.

Luego, todos juntos, salieron de la habitación para comenzar la visita de Flocongivre, despertado al fin tras la tormenta.

Santa Claus caminaba con paso algo pesado, pero cada mirada puesta en él le devolvía fuerzas. Dondequiera que pasaba, los elfos dejaban de trabajar, levantaban la cabeza y sonreían a más no poder. Algunos corrían incluso para atraparle la manga o la mano, como si quisieran asegurarse de que era real.

La Señora Claus, a su lado, le relataba los sucesos que habían sacudido Flocongivre durante su ausencia: la invasión de Grivv, los elfos contaminados, el sacrificio de los ancianos...

—Siete elfos tomaron el lugar de los antiguos alrededor del árbol y él... no ha dejado de dar vida a cientos de nuevos elfos para reemplazar a los que perdimos.
—¿Cientos? —repitió Santa, asombrado.
—Sí. Y cada uno es único. Meï quiso dar un nombre a todos los que

encontró, viejos y nuevos. Mira a tu alrededor: ya no es una multitud anónima, sino una verdadera sociedad, viva, rica en personalidades.

El viejo acarició su barba en silencio. Todo aquello le resultaba extraño, pero fascinante. Echó un vistazo a Kenji, que ya estaba en un taller, rodeado de elfos fabricantes que anotaban con entusiasmo sus ideas en enormes tablillas.

—Será un aliado valioso —susurró la Señora Claus—. Todos están impresionados con su potencial.

Más adelante, una gran sala retumbaba de gritos y golpes. Santa Claus se detuvo, los ojos muy abiertos: decenas de elfos se entrenaban en combate, ejecutando movimientos precisos. Cuando vieron a Zefira, todos se inclinaron profundamente y gritaron al unísono:
—¡Sensei!

Santa abrió la boca, incrédulo.
—¿Sensei? ¿La llaman Sensei?
La Señora Claus estalló en risa.
—Nuestros elfos tenían que aprender a defenderse. ¿Y quién mejor que Zefira para enseñarles?

Zefira sonrió de oreja a oreja, y al instante creció hasta su forma guerrera: ahora podía transformarse a voluntad. Santa Claus arqueó las cejas, entre orgullo y desconcierto, pero no dijo nada más.

Cuando por fin llegaron al corral de los renos, apenas pudo contener las lágrimas. Los cuatro sobrevivientes corrieron hacia él, resoplando, relinchando, empujando sus hocicos contra su pecho. Los abrazó uno a uno con sus brazos poderosos, la barba empapada de lágrimas.

Y detrás de ellos, cinco jóvenes renos se acercaron tímidamente, aún asustados. Sus ojos, grandes y brillantes, parecían pedir su reconocimiento. Santa Claus rompió en carcajadas a través de sus sollozos, acariciándolos uno por uno.

La visita terminó en la habitación que la Señora Claus había preparado para los niños. Una inmensa esfera navideña brillaba en el centro. Cuando se iluminó, Kenji y Meï descubrieron el rostro de sus padres en su interior. Los miraban con ternura, sin decir una palabra, pero sus sonrisas bastaban.

La Señora Claus habló suavemente:
—No podrán hablar... Pero cada vez que los necesiten, ahí estarán, mirándolos.

Kenji y Meï rompieron en llanto y se abrazaron primero entre ellos, luego a la propia Señora Claus. Alrededor, todos se conmovieron. Incluso el viejo de la barba blanca se quedó mudo, la garganta cerrada, incapaz de pronunciar una de sus bromas habituales.

Al fin, levantó los ojos hacia su esposa, con la voz quebrada:
—Flocongivre está aún más hermoso que antes...
La Señora Claus posó su mano sobre la de él y le sonrió.
—Es porque has vuelto, mi amor.

La noche del 24 de diciembre era helada, pero Flocongivre brillaba con miles de luces. Toda la ciudad de los elfos se había reunido en la gran pista de despegue, como dictaba la tradición finalmente recuperada, para presenciar la partida del trineo. Las campanillas ya tintineaban en los arneses: el tiro estaba completo. Los cinco jóvenes renos, ahora robustos y orgullosos, habían tomado el relevo junto a los veteranos, y sus cascos impacientes golpeaban la nieve reluciente.

Santa Claus, envuelto en su gran abrigo rojo, subió a su trineo resplandeciente, después de echar a su costal que había sido recuperado. Sus ojos brillaban con el ánimo de siempre. Se volvió hacia Kenji, Meï y Zefira, que lo observaban en silencio, pensando que la aventura terminaba ahí para ellos.

—¿Y bien? —lanzó entre risas—. ¿Qué esperan?

Los niños parpadearon, incrédulos.
—¿Cómo que qué? —preguntó Kenji.
—¡Apúrense y súbanse! —respondió él con una voz que no dejaba lugar a dudas.

Meï soltó un grito de alegría y corrió hacia el trineo, arrastrando a su hermano. Zefira dudó apenas un segundo. Pero la Señora Claus, con su

eterna sonrisa, puso una mano en su espalda.
—Anda, pequeña... Sabes que él te quiere a su lado.

La elfa guerrera subió también. Las campanillas sonaron aún más fuerte, y los renos resoplaron. En un trueno de cascos y estrellas, el trineo se lanzó a la noche, llevando ahora cuatro pasajeros.

La entrega de este año no era ordinaria. Nadie había escrito cartas, nadie había pedido juguetes. El trauma del mundo entero seguía demasiado fresco. Pero Santa Claus había preparado un regalo distinto.

Dondequiera que pasaban, hombres, mujeres y niños lo veían, por primera vez de verdad. El trineo no buscaba ser invisible: se mostraba a todos, iluminando el cielo. Tras de sí, Santa Claus esparcía polvo estelar que caía sobre llanuras, campos y bosques, haciendo brotar la vegetación. Las flores renacían, los árboles reverdecían, y los ríos recobraban su brillo.

Las miradas desde abajo, primero incrédulas, se llenaban de lágrimas y sonrisas. Después de dos años de oscuridad y dolor, los primeros destellos de alegría regresaban a los rostros humanos.

La última etapa los llevó sobre Neón Polis. Donde la ciudad había sido devastada, los animales habían tomado todo el territorio. El trineo planeó largo rato sobre las ruinas. Luego, con un gesto amplio, Santa Claus liberó todo su polvo de estrellas. La ciudad se cubrió con un velo luminoso. Los muros se alzaron, las flores rompieron el concreto, y las calles grises florecieron como en primavera. Muy pronto, la ciudad entera volvió a ser habitable, bañada de verdor y de luz.

Los niños aplaudían, rebosantes de felicidad. Meï gritó:
—¡Más rápido, Santa Claus! ¡Todavía más rápido!
Kenji, con los ojos chispeantes, parecía listo para volar él mismo. El viejo volvió la cabeza hacia Zefira. Sabía que a ella no le gustaba la velocidad. Ella cruzó los brazos, arqueó las cejas... y terminó sonriendo:
—Está bien. Solo por esta vez.

Santa Claus levantó su hacha como señal. Los renos saltaron al unísono, y el trineo desapareció en un haz de estrellas, avanzando más rápido de lo que cualquier mirada podía seguir.

Esa noche, el mundo entero supo que la Navidad había regresado.

FIN

Made in the USA
Coppell, TX
20 December 2025